KB272681

빵 안 파는
빵집

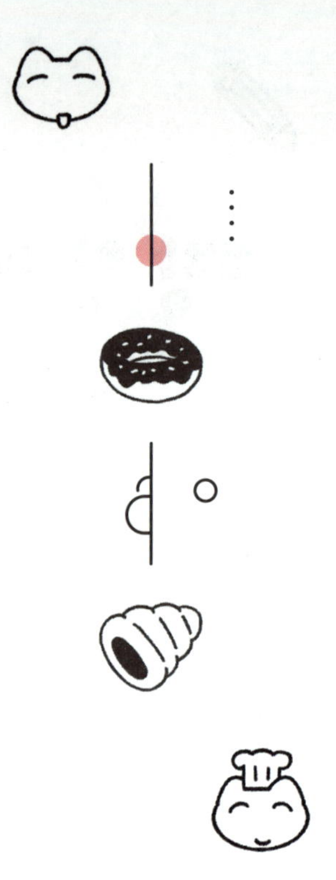

빵 안 파는 빵집
차예셀 (빵이)
에세이

일러두기
이 책은 국립국어원 '표준국어대사전' 표기법을 따랐으나
저자 고유의 글맛을 살리기 위해 다르게 표현한 부분이 일부 있습니다.

안녕하세요. 빵이입니다.

'빵'을 좋아해서

제 이름은
'빵이'가 되었어요.

이곳은 '빵 안 파는 빵집'입니다.

'빵이'가 좋아하는 모든 게

담긴 공간이지요.

일상 속 작은 설렘부터

문득 알게 된 사소한 영감까지

이 공간은 제가 좋아하는 것들로

가득 차 있습니다.

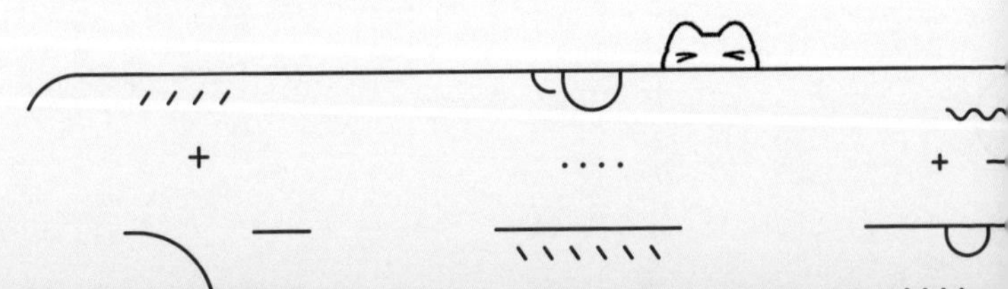

매일 수집한 작은 설렘이

불현듯 떠오른 영감이

대단하지 않아도 괜찮습니다.

내가 좋아하는 모든 것은

나 자신에 대해 고민하게 하고

있는 그대로의 나로

살아갈 수 있게 도와주니까요.

이 책은 나를 나답게 만든

날들에 대한 기록입니다.

빵이의 아지트

'빵 안 파는 빵집'에

오신 당신을 환영합니다.

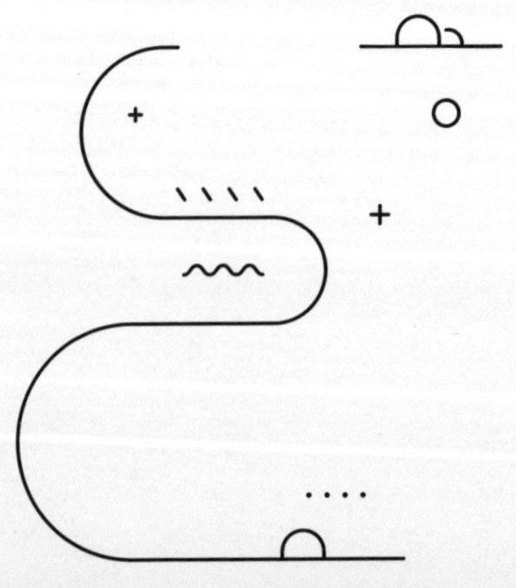

이 책이 당신만의 색깔과 모양으로

노릇하게 구워진 아지트를 만드는 데

작은 설렘과 사소한 영감이 되길 바랍니다.

프롤로그

오랜 시간 내 관심사는 '잘 사는 것'이었다. 특출나게 잘 살고 싶은 건 아니었다. 내 바람은 평범한 수준의 잘 사는 것이었지만, 그 평범함에 도달하는 게 얼마나 어려운 일인지 모른 채 막연히 원했다. 남들만큼 하고, 적당히 가지고, 어느 선에서 뒤처지지 않는 정도. 그것보다 조금 더 잘하면 더욱 좋겠고.

다들 하나씩 가지고 있는 것이면 그게 물건이든 경험이든 시간이든 나도 가지고 싶었다. 내가 가질 수 없는 종류의 것이라도, 막상 손에 쥐고 나면 별거 아니란 생각이 들어도, 서랍 속에 넣어두곤 영영 잊어버리게 되어도 말이다.

한동네에서 오래 자란 친구들의 이야기 속에 등장하는 10년짜리 추억, 이름 있는 대학에 철썩 붙은 친구의 합격 통지서, SNS에서 발견한 아름다운 풍경… 평소 떠올리지 않던 것들도 맞닥뜨린 순간에는 내심 부러워했다.

어디 가서 주눅들 필요 없는 삶. 부모님께 자랑스러운 딸이 되고, 언제나 말할 거리 있는 하루를 보내고 싶어 열심히 했다. 그런데 늘 마음 한편에 자리 잡은 의문이 있었다. 잘 사는 게 뭐지? 잘 살고 싶은데 잘 사는 게 뭔지 모르면 어떻게 하지?

하루를 쪼개서 생산적인 무엇들로 채워 넣으면 잘 사는 걸까. 번듯한 직장을 가지고 바닥 따뜻한 집으로 귀가하면 잘 사는 걸까. "역시 에셀이는 잘될 줄 알았어" 같은 칭찬을 들으면? 이번 달에 남은 돈이 얼마인지 더 이상 세지 않아도 되면? 새해마다 다짐하듯 외친 "잘 살아보자"던 말은 어떤 소망을 담고 있었을까.

돌아보면 잘 살기보다 여유 있게 살고 싶었다. 그럴듯하게 살기보다 내 온도를 유지하며 살고 싶었다. 숨 가쁘게 달리기보다 내가 시선을 둔 곳으로 뚜벅뚜벅 걸어가고 싶었다.

걸음이 느려도 뒤처지지 않을까 조급해하지 않고, 빛이 환히 비추는 길이 아니어도 용기 내 걸어갈 수 있기를 바랐다.

'어떤 미래'를 위해 지금을 보내는 것 말고, 지금 이 순간 있는 그대로의 나로 살아가는 삶. 좋은 것 대신 내가 좋아하는 것을, 높은 점수보다 나를 설레게 하는 것들을 내 하루에 남기고 싶었다. 그저 나로 살아가는 것으로 충만해지는 하루를 산다면 얼마나 좋을까. 잘 사는 건 누군가 할 수 있지만, 나답게 사는 건 나밖에 할 수 없으니까.

단단하고 오롯한 나로 나답게 살기 위해선 자기를 알아야 하고, 나를 알기 위해선 질문해야 한다. 이미 알고 있다고 생각해 무심코 넘겨버린 것들을 떠올려본다.

내가 뭘 좋아하는지, 뭘 하고 싶은지, 지금 왜 불안하고 두려운지, 왜 자꾸만 비슷한 상황을 맞닥뜨리는지, 언제 웃음이 나고 무엇을 그리워하는지.

누군가 뭘 그렇게 복잡하게 생각하며 사느냐고 묻는다면, 그냥 나다운 방식이라고 대답할 것이다. 내가 가지고 있는 것과 가진 것처럼 보여주고 싶은 것을 분리하고, 상처를 남긴 기억이 흉터로 남지 않도록 보살펴주는 것. 여전히 알 수 없는 '잘 사는 것'을 위해 지금을 미루지 않고 싶었다.

이 책은 모르는 답을 찾아가던 시간에 대한 기록이다. 이 글을 쓰면서도 잘 쓰고 싶은 마음을 참느라 애썼다. 자꾸만 내가 살아온 시간보다 더 괜찮은 삶을 쓰고 싶었다.

하지만 그건 내 것이 아니었다. 맞지 않는 옷을 입고 언제 올지 모를 내 차례를 기다리는 대신, 좋아하는 옷을 입고 발길 닿는 곳으로 걷고 싶다.

내 삶을 채우는 일상 속 작은 설렘과 사소한 영감을 발견하게 되면서, 좋아하는 옷을 꺼내 입는 일은 더 이상 어렵지 않았다.

1부

반짝반짝,
숨겨진 보물을 찾아서

생각과 실제

풍선처럼 부푼 생각

집으로 돌아오는 길에 비를 쫄딱 맞았다. 장마라는 소식에 일주일 내내 우산을 챙겼는데, 다시 맑아진 하늘에 잠깐 방심한 것이다. 분명 모처럼 비 예보가 없는 날이었다. '내일도 비가 오려나' '장마는 언제 끝날까' '오늘은 아무래도 장우산이 낫겠지' 하던 그간의 고민이 무색하게 버스정류장에서부터 집까지 5분 남짓 걸리는 거리에 온몸이 홀딱 젖어버렸다.

빗줄기가 어찌나 굵은지 물을 잔뜩 먹은 바지가 무거웠다. 하필 청바지를 입은 날!! 현관을 열자마자 뒤꿈치를 들고 조심조심 화장실로 직행했다. 손으로 꾹 쥐어짜니 물이 한 바가지 쏟아졌다.

아직 장마가 끝나지 않아 빨래를 할 수 없었다. 이대로 빨래를 널었다간 세탁기를 돌린 의미도 없이 쿰쿰하게 마를 게 뻔했다. 요 며칠 빨래통 위로 수북이 쌓인 빨래는 쳐다보지도 않았다. 물이 후두둑 떨어지는 바지를 꾹꾹 쥐어짜다 문득 깨달았다. 이렇게나 비를 많이 생각하고 있다니.

그렇게 피하려던 빗줄기인데 신기하게도 막상 맞았을 땐 아무렇지 않았다. 그냥 시원했다. 반쯤은 '에라, 모르겠다'란 생각으로 비를 피해 달리지도, 신호등 앞에서 안절부절못하며 두 팔로 머리를 가리지도 않았다.

비를 맞는 건 생각보다 기분 좋은 일이었다. 살면서 쏟아지는 비에 몸을 적실 일이 얼마나 있다고.

무언가를 반복해서 떠올리다보면 작았던 생각이 바람을 빵빵하게 채워 넣은 풍선처럼 부풀려지곤 한다. 내 안에서 부풀려진 생각은 별것도 아닌 걸 싫어하고, 아주 작은 것을 두려워하고, 그렇게 그 순간을 오래도록 경험하지 못하게 했다. 어쩌면 아주 좋은 순간이 될 텐데. 그저 시원하기만 할 텐데 말이다.

결국 빨래는 돌리지 못하고 바지만 건조대에 널었다. 날이 축축해 금방 마를 리 없었지만 그래도 물에 팅팅 불어 터진 옷을 빨래통에 섞을 수는 없으니까.

따뜻한 물로 샤워를 하고 나오니 개운해졌다. 창틀에 앉아 비 구경을 하고 있는 다코의 곁에 서서 차를 홀짝였다. 생각해보면 비가 싫은 건 아니었다. 오히려 좋아하는 쪽에 가까웠다. 어릴 적 오빠와 종종 비를 맞으며 뛰었고, 새로 산 장화를 신기 위해 창가에 붙어 비가 오기만을 기다리기도 했다.

지금은 번거로운 걸 아는 어른이 되어버렸다. 비가 오면 차가 막히니 일기 예보 속 우산 그림에 한숨이 나왔다. 젖은 옷을 빨래하는 일은 번거롭고, 우산을 접었다 폈다 할 때마다 튀는 물은 거추장스러웠다. 지하철 손잡이에 잠시 걸어둔 채 까먹고 내려 잃어버린 비닐우산은 몇 개인지 셀 수도 없었다.

그런데 피하려다보니 오히려 짝사랑하듯 한참을 생각하는 나를 발견한다.

비를 생각하면 노르웨이 베르겐이 떠오른다. 온 도시를 덮는 노란 햇살이 무척 아름다운 도시. 호스텔 창문 너머로 보이는 플뢰엔 산에 햇빛이 내려앉아 빼곡한 나무들이 노랗게 물들어 있었다.

비가 많이 오는 지역이라고 들었는데, 일기 예보를 확인하니 운 좋게도 내가 도착한 날부터 떠나는 날까지 비 예보가 없었다. 덕분에 캐리어에서 우산을 한 번도 꺼내지 않고 곳곳을 쏘다녔다. 하루 종일 코드 미술관에 틀어박혀 있다가 노르웨이에 왔으니 노르웨이산 연어를 먹어보겠다며 비싼 스시집을 기웃거리기도 했다.

플뢰엔 산은 첫날부터 내 시선을 사로잡았다. 올라가보지 않으면 아쉬울 것 같아 베르겐에서의 여정이 끝나갈 즈음 산으로 향했다. 산악열차를 타고 산꼭대기에 올라갔을 땐 날씨가 무척 좋아 한번 걸어 내려가보자고 결정했는데, 예상 밖의 난관에 부딪혔다. 등산을 해부 기는커녕 산 근처에도 가지 않았어서 당연히 산을 일자로 내려올 수 있으리라고 생각한 거였다.

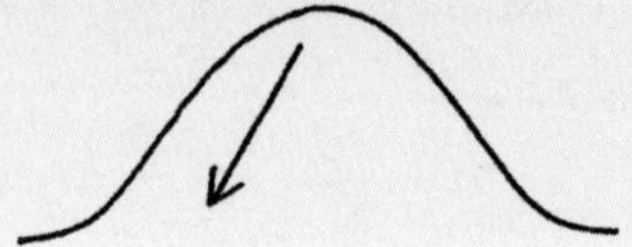

실제 플뢰엔 산은 이렇게 내려가야 했다.

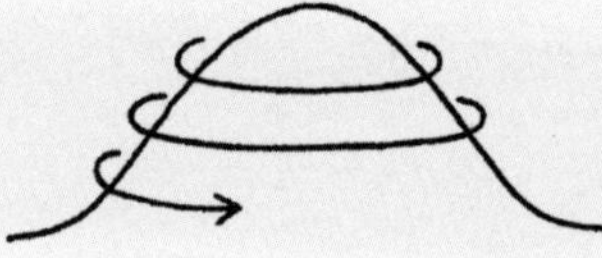

절반을 채 못 내려왔을 때 무언가 잘못되었다는 느낌이 들었다. 꽤나 걸어 내려온 것 같은데, 손가락만 한 작은 집 들은 그대로였다.

설마 조난당하지는 않겠지? 산길을 내려가는 사람은 나 뿐이었다. 평소라면 이런 무책임한 여정을 선택하지 않았 을 텐데 내가 왜 그랬을까?

햇빛을 받아 빛나던 나무 사이사이 그림자가 지기 시작했고, 덜컥 두려운 마음이 들 때 즈음 옆으로 조깅하는 사람들이 하나둘 지나갔다. "할로" 하는 태연한 인사를 받고는 "그래, 사람이 있다는 건 금방 내려갈 수 있다는 뜻일 거야"라며 중얼거렸다.

그러나 여전히 산길은 끝날 기미가 보이지 않았고, 휴대폰의 인터넷 신호는 오락가락했다. 나는 해가 건물 뒤로 넘어갈 즈음 떨리는 가슴을 붙잡고 산을 벗어날 수 있었다. 몇 시간이나 지난 줄 알았는데, 고작 한 시간 반 정도 지나 있었다. 숙소까지 가는 길이 이렇게 멀었던가?

설상가상으로 빗방울이 떨어지기 시작했다. 피할 정도의 비는 아니었지만, 분명 비 예보는 없었다. 어둠이 내려앉은 거리를 종종걸음으로 걷다 마지막 신호등을 긴너서부터는 있는 힘을 다해 달리는데 웬걸, 웃음이 났다.

그저 무턱대고 산을 걸어 내려오겠다던 결정과 한 번도 비를 맞지 않았던 베르겐에서 빗속을 달리고 있는 내 모습에 웃음이 터졌다. 평소라면 하지 않았을 일들이었는데 생각보다 아주 상쾌했고, 빗줄기가 몹시 시원했다.

그동안 졸인 마음이 다 씻겨 내려가는 것만 같았다. 교훈을 주는 옛날 동화에 나올 법한 장면이 아닌가. 산을 내려오며 보았던 베르겐의 풍경은 아마 오랫동안 잊을 수 없을 것이다.

항상 그랬다. 피하고 싶던 것들을 우연히 마주쳤을 땐 내 생각과 다른 적이 많았다. 오히려 좋았던 적이 많았다는 뜻이다. 불편한 사이로 멀어진 친구를 우연히 다시 만나고는 커피가 다 식을 때까지 이야기를 나눴던 것처럼. 처음 영국으로 가는 비행기에서 인종차별을 당하지 않을까 내내 걱정했지만 보자마자 나를 꼭 안아준 호스트를 만나고, 아시아인의 주문은 받지 않겠다며 부엌으로 들어가버린, 실제로 마주한 인종차별에 당황한 나보다 더 화를 내는 그곳의 이웃들에 감동받았던 것처럼.

풍선처럼 부푼 생각

빵 안 파는 빵집

　내가 정말 두려워했던 건 무엇일까? 바로 생각이다. 내가 싫어한 것들은 다 내 안에서 몸집을 불린 생각들이었다. 인생에 한 번쯤 지나갔던 일, 아직 오지 않은 일, 어쩌면 영원히 오지 않을 일을 생각하고 주춤했다.

　장마뿐만이 아니었다. 엄마가 "에셀아, 이것 좀 해봐"라고 내민 것이 마음에 들지 않을 땐 싫은 이유를 백 가지는 만들어내느라 더 싫어하게 되었다. 사실은 그렇게 싫지도 않았는데.

　거절이 무서워 부탁하지 않고, 민폐가 되는 게 싫어 가능한 모든 걸 혼자 해결하려고 했다. 상대가 거절하지 않을 수도 있는데, 민폐가 아니었을지도 모르는데. 막상 하면 아무렇지 않은 것들을 생각이라는 솥에 넣고 팔팔 끓였다.

　산을 걸어 내려가기로 마음먹지 않았다면 그 아래로 보이는 도시가 얼마나 아름다운지 몰랐을 것이다. 그때 빗속을 달리지 않았다면 비를 맞는 게 어떤 기분인지 몰랐을 것이다.

비를 피하고 싶지만 동시에 나는 비를 맞는 일이 얼마나 상쾌한지 아는 사람이다. 얼마나 웃음이 났는지 기억하고 있다. 생각으로 내버려두었다면 아쉬웠을 장면. 그날의 빗줄기가 빵빵하게 부푼 풍선을 터뜨렸다.

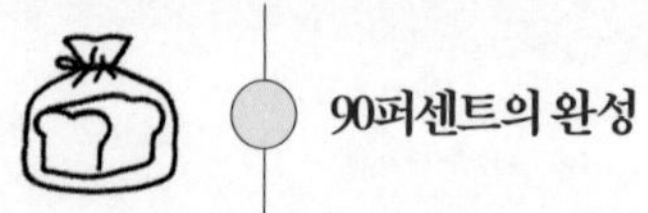

계획을 세우는 것만 봐도 성격이 보인다. 첫 유럽 여행은 영국에서 시작해 프랑스, 독일, 이탈리아, 그리고 다시 프랑스를 거쳐 스페인으로 한 바퀴를 도는 일정이었다. 그때 엑셀로 삼 개월 치 여행 계획서를 만들었다. 아무도 시키는 사람이 없는데 구글맵을 며칠씩 들여다보며 여행 계획을 세웠다.

아침 7시부터 밤 12시까지 할 일을 촘촘하게 계획하고, 이동 경로와 필요한 예산을 정리했다. 무려 여행 63일 차에 어떤 박물관에 갈지까지 전부 적어두었다. 무슨 요일에 미술관이 무료 개방을 하고 어떤 기념일에 궁전이 휴관을 하는지까지도 고려한 일정이었다.

계획표를 완성했을 땐 출발도 전에 이미 유럽을 다녀온 기분이었다. 캐리어 밑바닥을 차지한 여행 계획서가 옷보다 무거웠을지도.

나는 완벽한 게 좋았다. 성공적인 플랜A와 만일의 상황을 위한 플랜B, C까지. 어딘가 꼬여도 당황하지 않고 멀끔하게 해결할 수 있도록.

여기에는 큰 부작용이 있었다. 완벽하게 하고 싶은 마음이 크다보니 실수를 예방하기 위해 과하게 주의하고, 완벽하게 하지 못할 것 같을 땐 시작조차 하지 않았다. 완벽한 타이밍을 기다리며 미루다 얼마의 시간이 흐르고 나면 더 이상 그것을 원하지 않게 되는 상황이 오기도 했다.

'빵이 문구'를 처음 시작했을 때 스마트스토어를 여는 대신 나만의 웹사이트를 만드려고 했다(아무래도 멋이 나니까). 사이트 도메인과 이름을 정하는 데만 상당히 오랜 시간이 걸렸다. 이건 너무 흔하고, 이건 무드가 없고…. 배경 사진, 글씨체, 글씨 색은 어떻게 할지, 메뉴 버튼은 어디에 둘지, 메인 화면에는 무슨 글자를 걸지 하나하나 고르는데 썩 마음에 들지 않았다. 어딘가 10퍼센트 부족한 느낌이었다.

사이트를 붙잡고 있는 시간이 길어질수록 처음의 열정은 사그라들고 점점 지쳐갔다. 가장 중요한 제품 소개는 쓰지도 못했고, 결국 웹사이트 오픈은 나중으로 미뤄졌다.

원고를 쓸 때도 마찬가지였다. 하고 싶은 말을 고르고 골라 집어넣어도 다시 펼쳐보면 별로인 문장이 한가득이었다. 마음에 안 드는 문장은 가차 없이 빼버리고, 문장이 비어 듬성듬성해진 문단은 삭제해버렸다.

뭐라도 있어야 고칠 텐데. 쓴 글이 있어야 피드백을 받을 텐데.

당장 마음에 안 드는 한 줄을 나에게서 지워버리고 싶었다. '나'라는 사람에 빨간 밑줄이 쳐진 기분이었다.

지우고 지우다 결국 원점으로 돌아온 원고를 붙잡고 아빠에게 전화를 걸었다. 뭐가 마음에 안 들고, 이건 어떻고 저건 어떻고. 불안함에 불평을 늘어놓다 결국 책을 완성하지 못하면 어떡하냐는 투정에 아빠는 "그럼 90퍼센트의 완성을 해"라고 대답했다.

90퍼센트만 완성해도 괜찮다고. 100퍼센트로 완성하려 할 때 시작점에서 발을 떼기가 어렵지만, 90퍼센트를 하고 나면 남은 10퍼센트까지도 계속해서 해나갈 수 있을 거라고.

90퍼센트가 될 바엔 0에 머무르곤 했다. 머릿속에서만 상상하다 어느 날 잊히는, 완성하지 못해 세상 밖으로 나오지 못하는 계획들을 쌓고 쌓았다. 90퍼센트는 나에게 부족한 숫자였으니까. 0보다는 90이 훨씬 좋을 텐데도 100퍼센트가 아니라면 하지 않았다.

하지만 아빠 말이 맞았다. 90퍼센트, 80퍼센트, 아니면 10퍼센트라도 완성하면 되었다. 아무것도 안 하는 것보다 엉성하게라도 시작하면 그 또한 시작이니까. 중요한 건 아주 작은 퍼센트라도 나아가기 위해 최선을 다하는 거였다.

영화 「레이디 버드」에서 가장 좋아하는 두 가지 장면이 있다. 하나는 엔딩 장면이고(스포일러 하지 않겠다), 다른 하나는 크리스틴과 엄마 미리엄이 옷 가게에서 대화를 나누는 장면이다. 매일 투닥거려 사이가 좋지 않은 딸에게 미리엄이 말한다.

네가 될 수 있는 최고의 모습이 되기를 바라(I want you to be the very best version of yourself that you can be).

크리스틴이 대답한다.

이게 내 최고의 모습이라면(What if this is the best version)?

이게 내 최고의 모습이라면.

부족함 투성이인 지금 모습이 최고의 모습이라면 어떡하나. 그래서 최선을 다하기가 두려웠다. 최선을 다한 결과가 '고작 이 정도'일까봐 내 최선이 어느 정도인지 확인하고 싶지 않았다. 혼자 선을 그어놓고 이만큼만 하겠다고, 이 정도에 만족하겠다고 생각하곤 했다. 제대로 하면 더 잘 할 수 있는 사람으로 봐주면 좋겠어서. 지금 내 모습이 마음에 들지 않아도 100퍼센트를 이루고 나면 꽤나 괜찮은 사람이 될 거라고 알려주고 싶었다. 아직 나는 제대로 시작하지 않은 거라고.

하지만 그건 진짜 내가 원하는 게 아니다. 잘 쓰인 글이 아니라 솔직한 내 이야기를 적고 싶었다. 꼭 결론 나지 않는 이야기더라도 내가 느꼈던 바를 나누고 싶었다. 멋들어진 문장보다, 모두가 공감할 이야깃거리보다, 내 마음을 울렸던 그 장면을 쓰고 싶었다. 100퍼센트 완성하지 못하더라도. 어느 날 고치고 싶은 글이 될지라도.

그날부터 매일 컴퓨터 앞에 앉아 뭐라도 썼다. 어느 날은 고작 한 줄이었지만 무척 마음에 들었다. 내가 쓰고 싶은 이야기였으니까. 나는 최선을 다하고 있었고, 최선을 다한 순간은 내 자신이 모를 수 없었다.

최선을 다하는 건 내가 할 수 있는지 없는지 확인하는 것도, 내 밑바닥을 들춰보는 것도 아니었다. 내 한계를 시험하기 위함은 더더욱 아니었다.

최선을 다하는 건 나 자신을 한 번 더 믿고, 손톱만큼의 용기를 내보이는 것이었다. 완성할 수 없는 100퍼센트를 만드는 일이 아니라 0에서 발을 떼어보는 것이었다.

이제 막 한 발자국을 왔다.

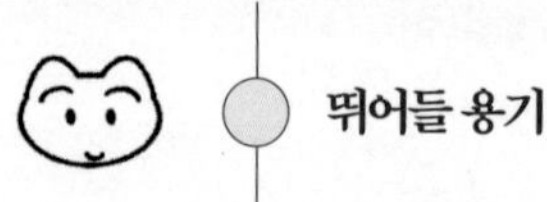

운동을 시작했다. 지금까지 했던 운동이라곤 저녁 식사 후 산책하기, 누운 상태로 팔과 다리를 높이 들고 탈탈 털기 정도가 전부다. 이 마저도 아주 가끔 연례행사처럼 하는 운동이었다. 언젠가 요가와 필라테스를 했지만 한 번도 뱃살과 이별해본 적 없는 인생이다. 물론 새해가 되면 이 세상 많은 사람들처럼 다이어트를 다짐했다.

올해는 꼭 5킬로그램을 빼야지. 한 사이즈 작은 바지를 입어야지.

지난해 잘못 산 사이즈의 원피스를 올해는 꼭 입겠다는 굳은 결의로 운동을 시작했으나 해피엔딩을 맞이하지는 못했다. 그럴 때마다 하나둘 사 모은 요가 매트, 스텝퍼, 폼롤러가 거실 한쪽에서 인테리어를 담당하고 있다.

매년 새해 목표로도 이루지 못했던 운동하기를 갑작스럽게 도전한 이유는 최근 건강검진을 받았기 때문이다. 사실 검진 결과를 볼 필요도 없이, 아침부터 저녁까지 줄곧 책상 앞에 앉아 그림 그리고 글을 썼더니 체력이 떨어지는 게 눈에 보일 지경이었다.

대체로 하루종일 사용하는 부위는 손목과 손가락뿐이고, 몸은 점점 굽어져 컴퓨터로 들어가기 직전이었다. 그러니 잠시 외출만 했다 하면 피로가 몰려와 눕고 싶어졌다. 예전처럼 하루에 약속 두 탕은 상상만 해도 머리가 지끈거렸다.

보통 지하철에 어르신이 타면 자리를 비켜드리는데, 어느 날 귀갓길엔 자리에 앉자마자 '눈 뜨지마, 제발 눈을 마주치지 마!' 하고 마음속으로 비명을 질렀다. 어디선가 읽었던 '다정함도 체력'이라는 말이 새삼 공감되는 요즘이었다.

건강검진 결과 간 수치가 평균보다 높아 의사 선생님은 운동만이 답이라고 했다. 젊을 때 관리하지 않으면 나중엔 더 어렵다고. 최소 일곱 시간은 자고, 삼시 세끼를 규칙적으로 먹고, 꾸준히 운동을 다니라고. 지금처럼 마감 기간을 고용량 비타민으로 때우는 건 금지라고.

생활 습관을 보면 건강할 리 없는 몸이었지만 막상 결과지 위의 수치를 보니 체감이 달랐다. 내 몸인데 왜 내 마음대로 하기가 이렇게 힘든지.

운동은 내가 가장 자신 없는 부분이었다. 매일 일기를 쓰고 하루를 점검한다는 이유로 "빵이 님은 자기 관리를 참 잘 하시네요"라는 칭찬을 받으면 조금 부끄러웠다. 그렇지 않은데. 운동을 한다거나 일찍 자고 일찍 일어나는 규칙적인 생활 역시 자기 관리에 포함이니까. 나는 기록하는 사람일 뿐이지 자기 관리가 썩 잘되는 사람은 아니라고 생각했다.

병원 문을 나서는 발걸음이 무거웠다. 하얀 검사지 위의 수치가 내 발목에 매달린 무게 같았다. 오래오래 살기를 바란 건 아니었지만, 이러다 좋아하는 일도 못 하게 되면 어쩌지 싶었다. 숟가락 들 힘이 없을 때까지 작업을 하고, 할머니가 되어서도 록 페스티벌에 가자던 친구와의 약속을 지키려면 운동을 시작해야 했다.

이 사실을 새삼 깨닫게 된 건 아니다. 운동의 필요성도, 운동이 얼마나 좋은지도 알고 있었지만 막상 시작하지는 못했다. 항상 그래왔듯 몰라서 하지 않은 것은 아니다. 나에게는 늘 준비가 필요했고 준비가 다 되면 하리라 믿었다.

운동을 하려면 시간이 있어야 하고(헬스장 오고 가는 시간을 포함하면 퇴근 후 저녁 시간을 다 쓴다), 시간을 내려면 일을 좀 줄여야 하고(프리랜서의 숙명이다), 헬스를 끊으면 매달 정기 지출이 늘어나니 수중에 여유도 좀 있어야 하고(치킨 이만 원은 아깝지 않은데 헬스장 사만 원은 아까운 게 사람 마음이라지), 통통한 몸으로 헬스장에 가면 주눅이 들 것 같으니 먼저 살을 조금 뺀 후 헬스장에 가고 싶었다. 정작 살은 운동을 해야 빠지는 데도.

조금이라도 마음에 들지 않는 구석이 있으면 술술 만들어지는 핑계들이었다. '우리는 알면 할 수 있고, 가끔은 하고 있다고까지 생각하지만, 아는 것과 하는 것의 차이를 깨닫지 못하면 곤혹을 치르게 된다'던 아빠의 말이 떠올랐다.

어쩌면 지금이 그 차이점을 알게 된 순간이 아닐까. 언제나 희미하지만 약간의 깨달음이 있을 때 시작하는 게 효과가 좋았다. 인터넷으로 운동복을 하나 주문하고 '초보자 운동'을 검색했다. 막상 운동을 하려니 뭐부터 시작해야 할지 몰라 냅다 찾아간 동네 헬스장 입구에서 누가 봐도 수상해 보이는 표정으로 몇 번을 서성였다.

그냥 들어가면 되나? 운동의 이응도 모르게 생긴 사람이 왔다고 코웃음 치는 거 아니야? 이런 옷 입고 가도 괜찮나? 고작 헬스장을 가는 건데 왜 용기가 필요할까?

에어컨이 약하게 틀어져 있음에도 열기가 느껴지는 헬스장 안에서 예상과 달리 아무도 나를 신경쓰지 않았다. "처음 오셨어요?" 하고 묻는 카운터 직원 한 명을 빼면.

일렬로 쭉 세워져있는 러닝머신에 올라탔다. 시작 버튼을 누르니 발밑에서 레일이 움직였다. 처음엔 빠르기가 가늠되지 않아 '속도 10' 버튼을 눌렀다가 뒤로 나가떨어질 뻔했다. 결눈질로 쳐다본 옆 사람을 따라 속도 5, 경사도 5로 조정했는데 몇 분 지나지 않아 숨이 차오르기 시작했다.

저 사람, 고수인가보네.

헉헉대며 경사를 0으로 떨어트렸다. 딱히 고수가 아니어도 할 수 있다는 사실을 알게 된 건 일주일 정도 지났을 즈음이었다. 한 주간 매일 러닝머신을 타자 경사 5단계에서도 더 이상 숨이 차지 않았다. 한 달을 꼬박 출석하고 나서야 처음으로 러닝머신 위에서 달릴 수 있었다.

달리는 건 이런 기분이구나. 버스를 놓치지 않으려고 뛰었던 것 말고, 제대로 달려본 건 아주 오랜만이었다. 러닝머신 위에서 땀을 빼고 나니 개운했다. 땀이 나는 건 늘 찝찝하게만 느껴졌는데, 땀에 젖은 티셔츠가 가슴팍에 척척하게 달라붙는 데도 몹시 상쾌했다.

하루도 빠지지 않고 헬스장에 출석하며 느낀 가장 큰 기쁨은 몸이 가벼워지는 변화보다도 오늘도 내가 이곳에 왔다는 사실이었다.

처음 헬스장을 가기 위해서는 의지뿐 아니라 용기가 필요했다. 단지 몸이 힘들고 귀찮아서 안 간 게 아니라, 마음속으로 나 자신을 꾸준하지 못한 사람이라고 생각했기 때문에 가지 못했다. 사람들이 나를 어떻게 볼지 두려웠다. 새로운 마음으로 시도한 몇 번의 도전이 모두 계속되지 못했으니까.

마음만 먹으면 할 수 있다고 말했고, 그런 나를 향해 작심삼일이라고 지적하는 사람들에겐 눈을 흘겼지만, 사실 은연중에 스스로를 '하지 못하는 사람'이라고 생각했다. 그리고 헬스장에 발을 디뎠을 때 작심삼일 후 내가 이곳에 없을까봐 두려웠다.

늘 아는 게 먼저였지만 어쩌면 뛰어드는 게 필요했을지 모른다. 해봐야 알 수 있다. 내가 정말 할 수 있는지. 해보면 아는 거였다.

최선을 다하는 건 내가 할 수 있는지 없는지 확인하는 것도,
내 밑바닥을 들춰보는 것도 아니었다.
내 한계를 시험하기 위함은 더더욱 아니었다.

최선을 다하는 건 나 자신을 한 번 더 믿고,
손톱만큼의 용기를 내보이는 것이었다.

완성할 수 없는 100퍼센트를 만드는 일이 아니라
0에서 발을 떼어보는 것이었다.

나를 지키는 법

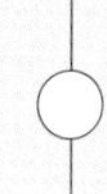

불이 켜지는 집

아홉 살 때 이사 가는 집에 문제가 생겼다. 원래는 빌라 4층 집을 계약했는데 이삿날까지 4층 세입자가 나가지 않았다. 알고 보니 집주인과 이전 세입자 사이에 갈등이 있었다. 전세 계약 기간 만료 후 집주인은 새로운 세입자를 구했고(그게 우리였다), 사이가 좋지 못했던 이전 세입자에게 해당 내용을 전달하지 않았다. 이전 세입자는 집주인이 고지의 의무를 지키지 않았다며 나가지 않겠다고 버텼다.

이 사실을 몰랐던 우리는 별다른 방법 없이 이전 세입자가 나갈 때까지 그 빌라의 지하층에 한두 달 머물게 되었다. 가스도 연결되어있지 않았고, 화장실은 변기를 내릴 수 없어 1층의 외부 화장실을 써야 하는 지하의 작은 공간. 이삿짐은 풀지 못한 채 1층 창고에 넣어놓고 필요한 것들만 그때그때 꺼내 썼다. 어른의 세계를 몰랐던 나는 단순히 밤에 화장실 가는 게 무서운 정도였지만, 지금 나에게 그런 일이 닥친다 생각하면 눈앞이 아찔해진다.

워낙 어렸을 때라 그때가 잘 기억나지는 않는다. 임시 거처에서 지내는 데는 분명 어려움이 많았을 테지만, 어려움들은 하나도 기억나지 않고 지금까지도 떠오르는 건 딱 하나다.

처음 집으로 친구를 데려간 날 지하로 내려가는 계단이 어두워 아빠가 센서 등을 달아주었는데, 놀러 온 친구에게 "이것 봐. 우리 집은 불도 켜진다" 하고 자랑했다. 화장실 물도 내려가지 않는 지하라는 것보다 불이 켜지는 현관문이 좋았던 그때. 그 작은 지하 방에서 우리는 즐거운 시간을 보냈다.

그 집에는 센서 등 말고도 좋은 점이 꽤 있었다. 지하에서 지내는 동안 오빠는 집에서 공놀이를 했다. 그곳에선 뛰거나 공을 차도 뭐라고 할 사람이 없었기 때문에 몸을 쓰고 노는 데 딱이었다. 가스가 연결되어있지 않으니 종종 배달 음식을 먹어야 했고, 특별한 날이 아닌데 배달시켜 먹을 수 있다는 사실이 무척 좋았다.

등교할 땐 준비물을 찾아 창고를 뒤져야 했지만 그건 부모님의 일이있으니 오빠와 나는 여느 때와 다름없이 마룻바닥에 배를 대고 엎드려 그림을 그렸다. 저녁엔 산책을 나가 집 근처 큰 대학 병원에 들러 화장실을 썼다. 아무래도 1층 화장실은 무서웠으니까.

웃음 가득했던 기억과 별개로 엄마 아빠의 마음은 어땠을지 가끔 생각해본다. 자기 힘으로 어떻게 할 수 없는, 답답하고 화가 나는 상황에서 어떻게 오빠와 나의 하루하루를 즐겁게 만들어주었는지. 오빠의 손에 공을 쥐어주고, 현관에 센서 등을 달 때 어떤 마음이었을지.

한번은 엄마에게 물었다. 어땠느냐고. 그때 엄마가 뭐라고 했더라.

"어려운 걸 찾으면 끝도 없어. 이것도 힘들고, 저것도 부족하고. 그런데 관점을 바꾸면 삶을 다르게 디자인하게 돼."

4년 전 여름, 지금 사는 집을 계약했다. 하루가 멀다 하고 전세 사기 뉴스가 올라오는 형국에 전셋집 구하는 일이 막막하게 느껴졌지만 별 수 없었다. 계약을 연장하려던 집에 집주인이 들어올 거란 연락을 받았고, 계약 만료를 한 달 앞두고 새 보금자리를 찾아야 했다.

부동산을 여러 군데 돌며 발품을 파는데, 서울 집값이 어찌나 무서운지 계획했던 예산으로는 지상에 올라갈 수 없었다. 첫날 보았던 세 곳은 반지하였고 괜찮던 하나는 언덕 꼭대기에 있어 집을 보러 가는 길에 땀을 뻘뻘 흘렸다.

힘들게 언덕에 올라 "혹시 차 없으시죠?"라고 묻는 중개사의 말에 고개를 저었다. 며칠동안 부동산을 들락거리며 딱 한 가지 생각이 내 머리를 가득 채웠다.

돈이 조금만 더 있었으면 좋았을 텐데. 그러면 작더라도 2, 3층 위치에 집을 볼 수 있을 텐데. 아쉬운 소리 하지 않고 "이 집으로 계약할게요" 할 수 있었을 텐데. 언젠가 겪었던 곰팡이 생각에 벽을 구석구석 살피지도, 햇빛이 제대로 들지 않아 빨래가 안 마를까봐 걱정할 일도 없었을 텐데.

하루 종일 부동산을 돌았지만 마땅한 소득 없이 터덜터덜 집으로 돌아가는데 엄마가 이런 말을 했다.

"엄마는 예전에 집 구하면서 '천만 원만 더 있었으면 좋았을 걸' 하고 생각했어. 그때 정릉으로 이사 갈 때였지. 집을 보러 가는데, 엄마가 보는 집들이 다 천만 원 비싼 거야. 가만히 생각해보니 집을 구할 때마다 항상 천만 원이 모자랐어. 근데 아빠가 그러더라. 육천만 원을 가지고 있는데 왜 칠천만 원짜리 집을 보냐고. 그때 번개 맞은 것처럼 깨달았어. 이렇게 있다간 항상 천만 원 부족한 인생을 살겠구나. 내가 육천만 원 가지고 있으면 육천만 원짜리 집을 봐야 하는데, 나는 칠천만 원짜리 집을 보고 있었어. 그건 일 억을 가져도 그럴 거야."

마치 엄마가 내 마음을 들여다보고 하는 말 같았다. 돈이 조금만 더 있으면 좋겠다고 생각했는데, 그 마음은 돈이 조금 더 생긴다고 해서 채워지지 않았을 것이다. 한 칸 높은 곳을 바라보는 한, 내 발밑이 높아진다고 한들 내 눈은 계속해서 한 칸 위를 바라볼 테니 말이다.

다음 날 부동산에서 전화가 왔다. 딱 괜찮은 집이 나왔는데 보러 가자고. 엄마와 나눈 대화 덕분일까? 훨씬 가벼운 마음으로 집을 나섰다. 오늘은 천만 원 부족한 내가 되지 말자고 다짐하며.

"언덕을 조금 올라야 해요"라는 부동산 아저씨의 말에 "운동 되고 좋네요"라고 대답할 수 있었다.

시은 지 오래된 집이지만 창문이 커 햇볕이 잘 들고, 대문엔 주인집에서 기르는 큰 대추나무가 있었다. 이전 세입자가 이곳에서 10년을 살다 아파트로 이사를 간단다. 열심히 일하더니 잘되었다며 어쩐지 뿌듯한 표정으로 설명해주시는 주인집 아저씨의 모습에 얼굴도 모르는 세입자에게 응원을 건넸다.

벽지도 장판도 낡았지만 누군가 오래 머문 흔적이 느껴지는 집. 더도 말고 덜도 아닌, 내가 가진 예산과 정확하게 일치하는 전세금.

여기서 살면 좋겠다. 부족한 부분은 수리해야지. 나이 많은 집이니 더 조심히 다루어 주어야지. 해가 잘 드니 다 되었다.

그렇게 4년을 이곳에 살고 있다.

종종 부족하다는 마음이 들 때마다 나는 엄마의 천만 원과 현관 앞 센서 등이 켜진 지하 방을 떠올린다. 나도 모르는 사이 다른 곳에 두고 있던 시선을 돌리고, 욕심과 불안이 운전대를 잡아버린 관점을 되돌린다. 해석에 따라 전혀 다른 결괏값을 갖게 될 테니 내 앞에 놓인 상황을 어떻게 바라보고 디자인할 것인지 신중히 결정해야 한다.

아무래도 어둡고 무서운 지하 계단보단 '우리 집은 불도 켜진다!'가 좋겠다.

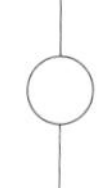

문득 눈에 들어온 장면

일곱 살, 아니 여덟 살 때인가? 잠을 자는 나를 엄마가 흔들어 깨웠다. 옆에 누워있던 오빠는 벌써 일어나 있었다.

"에셀아, 일어나. 밖에 눈이 왔어."

창밖은 아직 동이 트지 않은 깜깜한 새벽이었고, 나는 겉옷을 입혀주는 엄마의 손길에 꿈지럭거리며 몸을 일으켰다. 보통 자고 싶을 때까지 자게 두는 부모님이라 특별한 경우가 아니고서는 새벽에 우리를 깨우는 일이 없었다. 그런데 밖에 눈이 왔다고?

눈이 하얗게 덮은 거리를 우리 네 사람이 걸었다. 사동사 한 대 지나가지 않는 새벽, 걸어 다니는 사람이라고는 우리가 전부인 골목. 새하얀 눈 위를 걷자 잠이 금세 달아났다. 부모님은 오빠와 나를 데리고 근처 초등학교 운동장으로 향했다. 넓은 운동장에 모래가 보이지 않을 만큼 눈이 쌓여 있었다. 발자국 하나 없는 깨끗한 눈. 발을 내딛을 때마다 나는 뽀드득 뽀드득 소리에 신이 난 망아지처럼 뛰다가 운동장에 드러누워 팔을 휘적이며 천사를 만들었다. 아무도 밟지 않는 눈을 밟게 해주려고 엄마 아빠는 이 새벽 우리를 깨웠다.

나이를 먹고 독립했지만 여전히 이런 날들이 있다. 이를 테면, 몇 년 만에 한국에 들어온 부모님이 우리 집에 머물던 어느 날. 거실에서 작업하던 나를 엄마가 불렀다.

"에셸아, 이리 와볼래?"

고작 서너 걸음 거리지만 귀찮음에 왜 부르냐고 물으면, "와서 노을 좀 봐" 하고 말하던 엄마. 그때 엄마의 머리카락 끝은 노을로 붉게 물들어 있었다. 한참 붙이고 있던 엉덩이를 떼고 방으로 향하면 시야에 들어차는 찬란한 빛. 열어둔 창문을 타고 노랗고 붉은 노을이 쏟아졌다. 내가 가장 좋아하는 풍경이었다. 누가 좋아하는 걸 물으면 "저녁 6시 즈음 해가 지는 여름날"이라고 말할 만큼.

그런 장면을 마주치면 엄마는 항상 나를 불렀다. 일상에서 마주치는 아름다운 순간을 엄마는 놓치지 않았다.

그래서일까? 나는 자주 '문득 무언가 눈에 들어오는 경험'을 했다. 산책하다 발견한 모과나무, 바람에 흩날리는 민들레 씨앗, 똑같은 바지를 맞춰 입고 수다 삼매경에 빠진 동네 아주머니들이 문득 눈에 들어왔다. 귀갓길에 길게 늘어진 그림자나 매일 지나던 골목에서 마주치는 고양이도. 아주

특별하지는 않지만 그냥 지나치기엔 따뜻한 장면들이 어느 순간 보였다. 그래서 매일 저녁 빼먹지 않고 일기를 쓰는 일도 어렵지 않았다. 눈에 들어온 것들을 기록하다보니 하루하루 남길 말이 많았다.

거래처 미팅을 마치고 돌아오던 어느 날, 길 위의 커피 향기를 맡았다. 골목 초입까지 풍겨오는 향긋함이었다. 아까 분명 커피를 마셨는데, 긴장 상태라 커피에 어떤 향이 나는지도 모르고 물처럼 벌컥벌컥 들이켰었다. 그런데 작은 카페의 열린 문틈으로 흘러나오는 향기가 너무나 따뜻하고 고소해 나도 모르게 걸음을 멈춰 세웠다.

정말 향긋하구나.

몇 시간 전 향기도 맡지 않고 들이킨 커피를 떠올렸다. 얼마나 대단한 걸 한다고 좋아하는 커피 향까지 잊고 있었을까. 유리창 너머로 보이는 바리스타의 정갈한 손놀림에 이끌리듯 카페로 들어섰다.

'말하지 않아도 알아요' 같은 대사처럼 설명하지 않아도 되는 것들. 때론 말로 설명하기 힘든 것들. 무언가 눈에 들어오고 나면 불현듯 머릿속에 떨어지는 생각이 있었다. 그건 깨달음이기도 했고, 새삼스럽게 느껴지는 감정이기도 했고, 이따금 밀려오는 후회이기도 했다.

'문득 눈에 들어오는 경험'은 엄마 아빠가 키워준 감수성이다. 사전적 의미로 감수성은 '외부 세계의 자극을 받아들이고 느끼는 성질'인데, 쉽게 말하면 감각하는 힘이라고 할 수 있다. 내가 감각하는 것들과 그 이상으로 설명되지 않는 것들을 느끼며 내 생각과 감정으로 받아들이는 힘 말이다.

아무도 밟지 않은 눈을 밟고, 방을 가득 채우는 노을을 보았던 날들은 사소한 일상임에도 내 마음을 반응하게 했다. 어릴 적부터 매일 일기를 쓴 것도 의도치 않았지만 하나의 연습이 되었다. 덕분에 나는 작은 자극에도 어렵지 않게 무언가를 떠올렸고, 익숙한 주변 것들로부터 메시지를 꺼낼 수 있게 되었다. '문득 깨닫는 순간'을 자주 경험하게 되었다는 뜻이다.

누군가에게 그 생각의 출처를 말할 때면 머쓱하기도 했다. 흔들리는 나뭇잎을 보고 떠올랐다거나 과일을 씻다가 번개 맞은 듯 깨닫게 되었다고 말하면 어쩐지 내 깨달음에 대한 신빙성을 잃을 것 같으니까.

내 일기에 가장 많이 등장하는 대목, '어느 날 불현듯 깨달았다'고 적은 것들은 정말 어느 날 머릿속에 떠오른 생각들이었다. 파도치는 바닷가를 걷다 말문이 막히고, 모네의 그림 앞에서 눈물을 흘린 것도 다 그 감수성 때문이다. 끊임없이 나를 감각하게 하는 그 힘으로 인해.

감수성은 살아가며 일에 부딪히고 사람에 부딪히고 가끔은 스스로 주저앉으며 마모되고 무뎌진 내 마음을 보듬어주는 역할을 했다. 문득 무언가를 떠올리게 해 내 안에 있으나 꺼내지 못한, 혹은 우연히 마주친 무언가로부터 온기를 느끼게 했으니까.

바쁜 일상 속 잊고 있던 감정을 불러내주었고, 수렁에 빠진 듯 우울감과 무기력함에 쓸려 내려갈 때면 내 위로 떨어지는 동아줄이 되어주었다.

더 많이 감각하고 싶다. 시선을 사로잡는 화려한 것들 말고, '죽기 전에 꼭 봐야 하는 명작 30선' 같은 것들 말고, 익숙해서 눈에 잘 들어오지 않는 내 주변의 것들을.

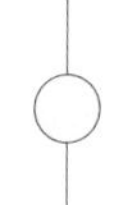

영화 같은 엔딩이 아니어도

4년 넘게 머리카락을 길렀다. 자라는 대로 내버려두었더니 허리를 지나 엉덩이를 아슬아슬 가리는 길이였다. 이십 대 초반엔 일 년에도 서너 번 심심할 틈이 없게 머리를 바꿨는데, 할 만한 스타일을 다 해보았기 때문일까? '그것도 다 한때'라던 어른들의 말이 맞는 것인지 언젠가부턴 머리를 바꿔야겠단 생각을 하는 것조차 일처럼 느껴졌다.

아무것도 하지 않은 머리카락이 치렁치렁 길어졌는데 얼마 지나지 않아 뉴진스가 혜성처럼 등장해 숱 치지 않은 긴 생머리를 유행시켰다. 가만히 있다 유행에 올라타게 된 기분이 이런 걸까?

기르려고 의도한 것도, 머리카락에 엄청난 애착이 있는 것도 아니었지만 몇 년에 걸쳐 기른 머리라 도무시 자를 엄두가 나지 않았다. 또 기르려면 한참 걸리겠지. 언제 또 이만큼 기르겠어? 아마 내 인생 마지막 긴 머리가 될 텐데.

그러다 어느 새벽, 양치하며 무심코 바라본 거울 속 내 머리가 한없이 무거워 보였다. 어깨를 타고 힘없이 늘어진 머리카락. 한창 지지고 볶았던 시절을 생각하니 안쓰러운 마음이 들었다.

이 친구는 주인을 잘못 만나 한참 고생했구나. 너희도 자유가 필요하니?

조금은 충동적인 결정으로 거울 앞에 서서 가위를 들었다. 고작 머리카락일 뿐인데 가위질을 하려니 기분이 이상했다. 나는 소리 내서 말을 반복했다.

"이건 그냥 머리카락이야. 머리카락일 뿐이야."

마침내 가위질을 시작했다. 한 번에 잘리지 않아 한쪽으로 넘긴 머리를 자르는 데 가위질을 몇 번 반복했다. 싹둑싹둑. 또 싹둑싹둑. 다 자르고 보니 45센티미터나 되는 길이였다.

가슴 언저리가 휑하니 허전했다. 참 이상한 기분이었다. 고작 머리카락조차도 내 마음대로 하기 힘들다니. 내 스스로 할 수 있다고 생각하지만 막상 하기엔 힘든 일. 나에게 이런 것들이 얼마나 많이 있을까? 스스로에게 '이건 아무것도 아니'라고 되뇌어야 겨우 발을 뗄 수 있는 그런 일들이.

45센티미터의 머리카락은 정말 머리카락일 뿐이었을까?

어쩌면 미련이었을까? 혹은 붙잡고 있던 시간이었을까? 아쉬움이었을까?

짧뚱하니 올라가 묶이지 않는 머리카락에 몇 년간 모아온 집게 핀들을 다 어떻게 해야 할지 상자에 담으며 생각했다.

나는 단지 흐르는 시간을 지나왔을 뿐이라고 했지만 그 걸음들 속에서 너무 많은 것을 이고 지고 붙잡고 끌어안으며 걸어왔다고.

집게 핀은 눈에 보이기라도 하지, 눈에 보이지 않는 너무나 많은 것들이 파도에 부서지고 햇빛에 마르면서도 따개비처럼 내 뒤에 딱 달라붙어 있었다.

어느 순간 내 뒤로 덕지덕지 붙어있는 것들이 보였다. 내가 버리지 못한 무수한 것들. 옷장에 들어있지만 10년째 꺼내 입지 않는 옷, 이가 나간 머그, 대학교 1학년 때 행사에서 받은 열쇠고리. 몇 해 전 빽빽하게 기록한 다이어리처럼 의미 있지 않고, 아주 아까운 물건도 아닌 그런 것들.

하지만 어쩐지 버릴 수가 없었다.

나는 잘 버리지 못하는 사람이었다. 쿠키가 들어있던 곰돌이 모양의 틴케이스, 출처를 모르는 쇼핑백, 칠이 벗겨진 나무 액자.

즐겨 입던 티셔츠는 목이 다 늘어났지만 몇 년째 버리지 못했고, 여행지에서 받은 영수증은 전부 파일에 모아두었다. 좋아했던 거니까, 언젠가 다시 쓸지 모르니까, 버리기엔 아까우니까, 추억이 담겨 있으니까.

왜 이렇게 금방 책상이 지저분해질까 고민해보니 매 순간 짐이 늘어나고 있었다. 매일 저녁 귀갓길에 딸려 오는 잡다한 물건들. 말끔하게 치워도 금세 무언가 쌓였다. 한때는 내가 가진 것이라고 생각했는데 다시 보니 버리지 못한 거였다.

그건 물건뿐만이 아니었다.

더 이상은 안 될 것 같아 대청소를 했다. 안 입는 옷을 큰 상자에 담아 기부처로 보냈다. 시스템이 어찌나 잘되어있던지 인터넷으로 신청하자마자 이틀 후에 상자를 수거하러 왔다. 보풀이 나지 않은 비교적 깔끔한 옷들을 골라 담고, 더 이상 신지 않는 구두도 몇 켤레 담았다. 책갈피로 쓰겠다며 남겨둔 라벨 택과 옷을 살 때 딸려 온 플라스틱 옷걸이, 언젠가 쓸지 몰라 깨끗이 씻어둔 테이크아웃 컵도 분리수거해 내다 놓았다. 이렇게 생각하며.

'원래 때 되면 무엇이든 작별해. 빈자리가 있어야 새로운

게 들어오지. 이렇게 어른이 되는 거야.'

바리바리 싸서 내다 놓고 돌아오는 길은 의외로 후련하지 않았다. 조금의 아쉬움일까? 시원섭섭한 마음일까? 어쩌면 다 비워내지 않았어도 되었으려나? 새 옷에서 떼어낸 택 같은 거 모으기 좋아했잖아. 지금은 안 입어도 다시 유행할지 모르는 옷이었는데, 내 취향이 자주 바뀐다는 사실은 내가 제일 잘 알면서. 나는 그냥 나답게 살고 있던 것일지도 모르는데, 꼭 정리해야만 했을까?

대문 앞에 내다 놓은 커다란 봉지가 종일 마음에 걸렸다. 해가 지고 베란다 너머로 탈탈거리며 트럭 굴러오는 소리, 무언가 묵직한 것들이 던져지는 소리가 들렸다.

조금 아쉬운지도 모르겠다, 하고 누워서 생각했다.

항상 후련한 끝을 맞이하지는 못했다. 영화 속 주인공이 모든 걸 버리고 떠난 여행에서 운명 같은 사랑을 만나는 건 그게 영화이기 때문이다. 어떤 끝과 새로운 시작은 내 인생에도 있을지 모르는 행운을 가져다줄 수도 있지만 아닐 확률이 높고, 아무런 인상도 남기지 못하는 사건이 될 수도 있다.

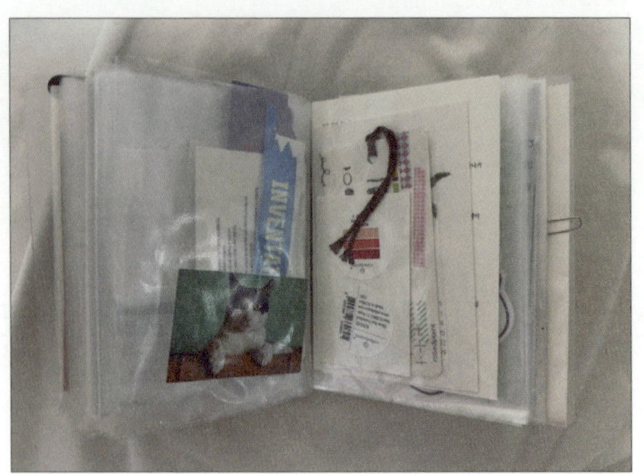

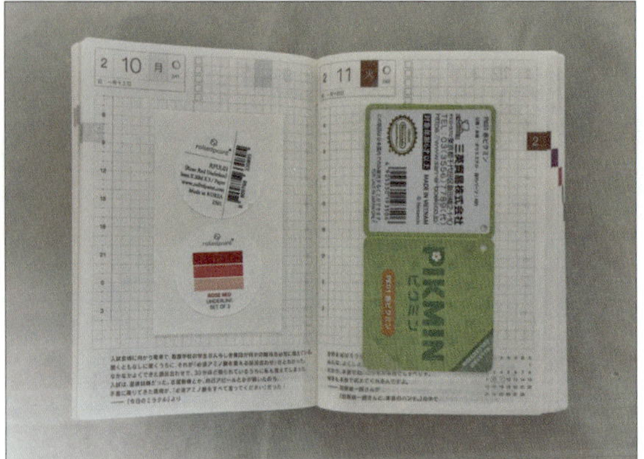

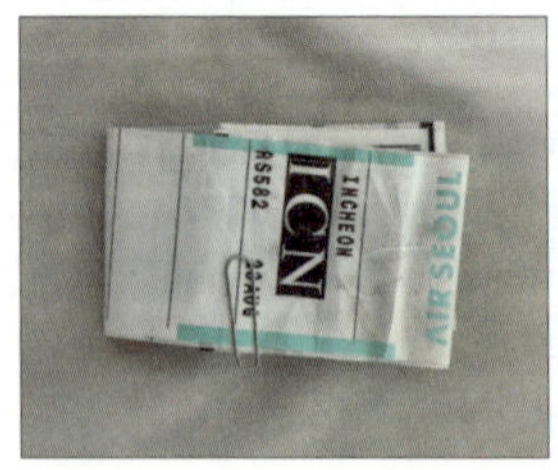

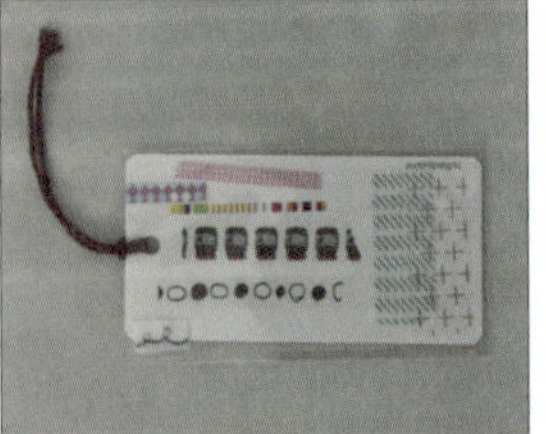

인생의 어느 한 장면은 보란 듯이 성공해 날 괴롭히던 상대의 콧대를 짓눌러주는 '사이다' 혹은 작은 실수가 사랑의 밑거름이 되는 로맨스가 되지 못한 채 끝날 수도 있다. 그저 자려고 누우면 발차기가 나오는 쪽팔린 기억으로 남거나 눈물만 쏙 빼고 끝난 실수에 머물지도 모른다. 이 모든 건 단지 살아가는 삶의 한 부분이다.

나는 다시 모으기 시작했다. 책에 둘린 띠지, 동네 식당 명함, 지하철역 입구에서 받은 손부채, 페스티벌 입장 팔찌, 빵 봉지에 묶여있던 리본 끈까지도. 뜯은 포장 상자는 버리기 전에 가장자리를 잘라 책갈피로 쓰려고 두었다.

이런 자질구레한 무언가가 굴러다니는 게 내 인생이었다. 차마 놓을 수 없는 미련으로 붙들고 있는 것도, 회복이 필요한 결핍도 아닌 그냥 나라는 사람이었다.

다 털어내고 떠나는 영화 같은 엔딩이 아니어도 괜찮다. 빛이 바랜, 제 쓸모를 잃어버린 것들을 달고 사는 삶도 그리 나쁘지 않다.

내 세계의 문을 열어

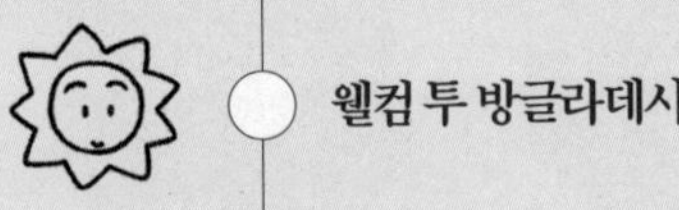

웰컴 투 방글라데시

공항 문이 열리는 순간 숨이 턱 막혔다. 더운 건 둘째 치고 어마어마한 습도가 몸을 덮쳐왔다. 방글라데시의 첫인상은 그랬다. 한 번도 느껴본 적 없는 온도, 습도, 공항 철조망에 다닥다닥 붙어있는 짙은 피부의 사람들.

둥글고 커다란 눈동자들이 전부 우리를 향해 있었다. 살면서 이렇게 많은 시선을 받은 적이 없었는데, 여권에 찍힌 입국 도장보다도 더 나의 신분을 증명해주는 것 같은 시선들이었다. 이곳에 섞일 리 없는, 넌 이방인이라고 말하고 있는 듯한. 23킬로그램짜리 이민 가방을 양손에 쥔 부모님을 따라 공항 출국장을 나섰다.

새로운 보금자리는 지금껏 내가 살았던 집 중에 가장 넓고 좋았지만 나는 대부분의 시간을 짜증 내며 지냈다. 덥고, 말도 통하지 않고, 인터넷은 느려 터졌다. 그뿐일까, 외국인 청소년이 혼자 돌아다니기엔 위험해 동네 마트를 가도 꼭 오빠와 동행해야 했다.

부모님의 이민 결정을 끝까지 듣기도 전부터 반대한 나에게 주어진 선택지는 두 가지였다. 함께 이민 가기. 아니면 한국에 있는 기숙학교 입학. 후자는 나에게 없는 거나 마찬가지인 후보였고, 그렇게 별수 없이 도착한 방글라데시였다.

자퇴를 위해 서류를 제출한 날, 같은 반 친구가 미국으로 유학을 간다며 교탁에 나가 인사를 했다. 마음속에서 무언가 부글부글 끓어올랐다. 나도 미국이나 프랑스로 갔다면 군말 없이 따랐으려나. 하필이면 방글라데시라니. 어디에 있는지도 모르는 나라였다.

이제 성신여대 로데오의 옷 가게는 구경하지 못하고, 노래방에서 투애니원의 노래를 부를 수 없을 것이다. 친구들과는 점점 멀어지겠지. 친구들이 나를 빼고 싸이월드 공유 다이어리를 쓸 거란 생각에 눈물이 찔끔 나기도 했다. 그러니 내 심술에는 타당한 이유가 있다고, 날 이 먼 곳까지 데려온 엄마 아빠가 응당 책임질 몫이라며 철없는 짜증을 부렸다.

집에서는 짜증투성이여도 학교에서는 그러지 못했다. 할 줄 아는 영어라고는 '하이' '헬로우' '나이스 투 미츄'가 전부였으니 좋든 싫든 입을 꾹 다물기 일쑤였다. 친구들이 '원디렉션'의 노래를 들을 때 내 이어폰에선 케이팝이 흘러나왔다. 지금이야 BTS와 블랙핑크 덕분에 케이팝을 좋아하는 외국인을 많이 만난다고 해도, 당시에 케이팝을 듣는 건 꽤나 비밀스러운 일이었다.

하루에 절반은 ESL(English Second Language) 교실에 있었다. 모국어가 아닌 언어를 본격적으로 배우는 게 처음이기도 했지만 사실 영어 실력이 빠르게 늘지 않았던 이유는 배우고 싶지 않았기 때문이다. 난 어차피 돌아갈 사람이고, 이곳은 잠시 머무는 곳이라고 생각했으니까. 빨리 이곳을 떠나고 싶었다.

이 덥고 갑갑한 나라를 사랑하지 않겠다고 마음먹었다.

박스 탈출

처음엔 짧은 쉬는 시간마다 책상 앞에 다가와 말을 걸던 친구들도 더 이상 찾아오지 않았다. 의사소통이 되지 않아 대화라고 해봤자 이름을 소개하고 칭찬 몇 마디 주고받다 끝나버리고 말았다. '너 헤어스타일 예쁘다' '너도 예뻐' 같은. 지금과는 비교할 수 없을 정도로 낯가림이 심했으니, 그 대답도 나에게는 상당히 용기를 낸 반응이었다. 통역을 해주는 한국인 친구 옆에만 찰싹 붙어 있는 나에 관해 좋지 않은 이야기도 종종 나왔다. 엄마 아빠에게 그렇게 투정을 부려놓고 쟨 한마디도 똑바로 못 한다며 속닥이는 친구들에겐 정말 한마디도 못 했다. 그럴 때마다 더욱 더 이곳이 싫어졌다.

영어를 못하는데 영어로 수업을 들으니 죽을 맛이었다. 선생님의 말이 질문인지도 알아듣지 못해 무작정 '예스!'로 대답한 적이 얼마나 많았는지. 시험을 볼 땐 문제가 이해되지 않는 것부터 난관이었고, 가장 자신 없는 과목인 수학에서 오히려 좋은 점수를 받았다. 숫자는 어디서나 똑같았으니까.

한국에선 국어 수업이 하나였는데, 여기는 영어 수업이 대여섯 개는 되었다. 랭귀지(일반 영어), 리터레쳐(문학), 토플, SAT, IELTS, 제너럴 잉글리시 등등. SAT와 IELTS 중 하나를 골라 들어야 했고, 제너럴 잉글리시는 옵션으로 수강할 수 있는 과목이었다. 이름만 다르지 다 똑같게 느껴지는 영어 수업들이었다.

그중 가장 좋아했던 수업은 제너럴 잉글리시. 영국에서 온 로빈 선생님이 가르치는 수업이었는데, 내가 이곳에 오기 전부터 친구들 사이에 이미 유명했다.

이유는 두 가지였다. 먼저 로빈의 수업은 성적이 나오지 않았다. 학생의 성적표에 코멘트를 달아주되 점수를 매기지 않겠다는 게 로빈의 철칙이었다. A+부터 F까지 골고루 찍힌 성적표에 제너럴 잉글리시 칸은 늘 비워져 있었다.

두 번째는 독특한 수업 방식이었다. 점수를 수지 않으니 수업에 집중하지 않고 떠드는 학생들에게 로빈은 "수업을 듣지 않아도 좋지만, 방해하지는 말 것"이라고 말했다.

그 후로 이 과목을 신청하는 아이들은 줄어들었고, 결국 그 수업엔 나만 남았다. 그 다음 해에도, 그다음의 다음 해에도 오로지 나만이 제너럴 잉글리시를 들었다. 지금 생각해보면 일대일 과외나 마찬가지였다.

종소리가 울리고, 나 혼자 앉아있는 교실에 들어온 로빈은 말했다.

"오늘은 옥상에 가자."

수업 시간에 교실을 벗어나는 일은 상상해본 적 없어서 로빈이 손짓으로 천장을 두어 번 가리키고 문 여는 시늉을 하고 나서야 그를 따라나섰다. 허가를 받았는지 늘 잠겨있던 옥상 문을 열고 나가니 탁 트인 공간이 시야에 들어왔다. 교실에만 있느라 몰랐던 푸른 하늘이 보였다. 로빈은 종종 교실을 '네모난 박스'라고 표현했는데, 뻥 뚫린 천장을 보자 그 말이 이해되었다.

옥상에 책걸상이 있을 리 없으니, 로빈과 나는 한쪽에 놓여있던 낡은 가죽 소파를 옥상 중앙으로 옮겼다. 우리는 소파에 반쯤 파묻힌 채로 수업했다.

이런 시간은 처음이었다. 선생님과 마주 보지 않고 나란히 앉아 하늘을 보며 진행하는 수업은 한 번도 상상해본 적 없었다. 그렇다고 딴짓하거나 수업을 뒷전으로 미루진 않았다. 인원이 두 명뿐이라 한 명만 집중하지 않아도 금방 티가 났으니까.

로빈의 수업은 미리 주제를 정하고, 그 주제에 관해 조사해온 내용을 수업 시간에 나누는 방식이었다. 발표라고 하면 왜인지 경직되어 보이고 토론이라고 하면 치열할 것 같은 느낌이지만, 단순히 내가 읽고 찾은 것, 그리고 내 생각을 이야기하는 시간이었다. 각 나라의 사건 사고부터 관심 있는 사회, 정치, 문화, 음악, 일상적인 주제들까지.

내가 어떤 말을 하던 로빈은 틀렸다고 하지 않았다. 부족한 언어로 이야기를 끝까지 마치지 못해도 기다려주었고, 횡설수설 이야기하면 제대로 된 문장으로 정리해주곤 했다. 그런 로빈이 딱 한 가지 지적하는 것이 있었는데, 그건 내가 "모르겠다"고 대답할 때였다. 로빈의 질문에 모르겠다고 답하면 그는 눈을 동그랗게 뜨고 이마를 탁! 치며 "정밀 모르겠다고?" 하고 되물었다.

그러면 한 번 더 고민해볼 시간이 주어졌다. 내가 정말 모르겠는지, 아니면 말하기 부끄러워 모르겠다고 대답했는지. 다른 의견을 받아들이고 싶지 않았거나 그다지 궁금하지 않은 주제여서 모르겠다고 넘긴 적도 많았다.

오로지 로빈을 제외하면 듣는 사람이 없어서였을까? 횡설수설 이야기하고, 정리되지 않은 의견을 덧붙이는 일이 어렵지 않았다. 할까 말까 달싹이던 입을 여는 게 이렇게까지 쉬워질 수 있다니. 모두가 모국어처럼 영어를 구사할 때 나만 실력이 부족하다고 두려워하지 않아도 괜찮았다.

일주일에 딱 두 번 있는 로빈의 수업은 내가 가장 기다리는 시간이 되었다. 어떤 날엔 하고 싶은 이야기를 준비하느라 밤새 컴퓨터를 두들겼다. 영어를 잘 못해 고개를 끄덕이는 걸로 표현하던 내가 먼저 말하고 싶어 손을 드는 유일한 수업이었다. 쉬는 시간이 끝나기도 전 옥상에 올라가 있으면 1층 입구로 독특한 차림의 로빈이 들어오는 모습이 보였다. 내가 졸업하는 날까지 우리는 종종 옥상에서 수업을 했다.

로빈은 나를 네모 박스 같은 교실 밖으로 꺼내주었지만, 내가 걸어 나간 건 다른 박스였다. 안전하게 나를 가둬둔 박스. 그 박스는 나 스스로를 보호하기 위해 세워둔 벽이기도 했고, 동시에 내가 열지 못했던 두려움이기도 했다.

바깥으로 발을 내딛고 나니 알게 되었다. 옥상 위로 보이는 하늘이 얼마나 아름다운지, 문을 열고 나온 이곳이 얼마나 자유로운지.

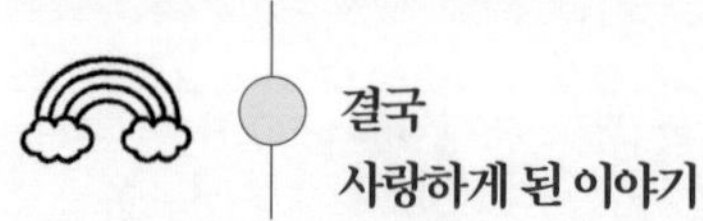

고등학교를 졸업하고 한국에 온 다음부터는 아주 바쁘게 지냈다. '갭이어(Gap Year)'를 보내는 동안 이 나라 저 나라를 돌아다니고, 새로운 만남을 차곡차곡 쌓다보니 방글라데시에 살았던 시절이 아주 오래된 이야기처럼 느껴졌다.

내가 학업을 마칠 때까지 수도에 머물렀던 부모님은 나의 졸업 후 시골로 이사를 갔다. 내가 살던 도시와 다르게 고층 건물도 대형 마트도 없는, 울창한 나무에 둘러싸인 정글 같은 마을로.

어느 날, 부모님과의 영상 통화 중 집에 꼬마 아이들이 왔다는 소식을 들었다. 여자아이 둘이었다. 어찌나 마르고 작은지 제 나이로 보이지 않는 어린 얼굴에 웃음기가 하나도 없었다. 휴대폰이 신기한지 스크린 너머의 내가 신기한지 안 그래도 큰 눈을 부릅뜨고 바라보는 아이들과 어색하게 인사를 나눴다.

그때부터 원가족의 돌봄을 받을 수 없는 상황에 놓인 아이들이 부모님의 집에 하나 둘 함께 살기 시작했다. 두 살 반부터 스물둘까지 다양한 연령대의 아이들이었다.

오랜만에 찾아간 방글라데시는 여전했다. 공항 문을 나서자마자 가슴이 답답해지는 습도, 금세 목덜미가 젖어드는 뜨거운 햇빛, 모래바람에 까슬해지는 티셔츠까지. 그새 기억 속에서 미화된 풍경에 곧바로 현실이 덧씌워졌다.

딱 하나 다른 점은 양쪽으로 열린 출국장 게이트 너머 엄마 아빠의 얼굴이었다. 사람들 틈을 헤집고 찾을 필요도 없었다. 낯선 얼굴들 사이에서 유독 다른 생김새의 얼굴이 한눈에 들어오는데도, 혹시 내가 보지 못할까봐 손을 번쩍 들고 흔드는 두 사람. 몇 년 사이 많이 그을린 부모님의 얼굴을 보자 묘한 감정이 밀려왔다.

나는 아직 이 땅을 정의하지 못했는데 나를 기다리는 사람이 있는 기분이란. 내 고향도 아니고, 내 집도 아니고, 여전히 나는 이 나라의 언어를 할 줄 모르지만 이상하게도 내가 밟아온 모든 곳 중 가장 따뜻하게 나를 맞아주고 있었다.

처음으로 그런 생각이 들었다. 어쩌면 땅은 사람이라고. 그곳을 기억하게 하는 건 함께했던 사람들이라고.

　하루 종일 비행기를 타고 왔건만 부모님의 시골집으로 들어가는 데 또 하루가 꼬박 걸렸다. 뜨겁게 달궈진 자동차 창문을 사이에 두고 소음이 끊이지 않는 도로가 감동을 잘게 파쇄하는 사이 아스팔트가 비포장도로로 바뀌었다. 드디어 정체되어 있던 도시를 벗어난 것이다. 방글라데시에 살면서

도시를 떠난 건 열네 시간을 달려 바다로 갔던 두 차례의 수학여행뿐이었다.

차에서 약하게 흘러나오는 에어컨 바람에 엄마는 추운지 카디건을 꺼내 입었다(이 더운 날씨에!). 함께 사는 아이들이 생긴 뒤로 부모님은 아이들과 같은 환경에서 지내기 위해 에어컨과 세탁기를 주변 한인들에게 나눠주었다고 했다.

엄마 아빠에게 '함께 산다'는 의미는 그들처럼 사는 것이었다. 에어컨 없이 두통이 올 정도의 더위를 느끼며 몇 해를 보낸 후, 아빠는 "다들 더운 나라 사람들이 게으르다고 말하지만, 사실은 너무 덥고 지쳐 움직일 수 없는 것임을 이해하게 되었"다고 말했다.

동네 사람들에게 벵골어로 말하고, 나무로 된 울타리를 익숙하게 열고 들어가 달려 나온 아이들을 번쩍 들어 올려주는 모습까지. 엄마 아빠는 완전히 이곳 사람이 되어있었다.

우리 네 식구가 살던 다카의 집과 달리 방이 아주 많은 시골집에는 열댓 명의 아이들이 있었다. 문 여는 소리에 꼬마들이 하나둘 달려 나왔다. 부모님과 영상 통화하며 아이들과도 몇 번 이야기를 나눈 적 있지만 실제로 만나는 건 처음이었다. 사진으로 본 아이도, 처음 보는 얼굴도 있었다.

비행기 안에서 자연스럽게 인사 건네기를 몇 번 연습해보 았는데, 막상 아이들 앞에 서니 쑥스러워 웃어버리고 말았 다. 아이들의 환심을 사려고 한국에서 사 온 간식 꾸러미를 넘기곤 서둘러 방으로 숨었다.

나를 위해 청소해둔 손님방엔 아빠가 미리 걸어둔 모기장, 전기가 나갈 때를 대비한 손전등, 깨끗하게 빨린 베갯잇이 정돈되어 있었다.

2주 정도의 휴가였다. 일 년의 대부분이 여름인 이곳에서 더위를 피하기 위해 짧은 가을(가을도 덥다)에 맞춰 시간을 냈다. 멀리서 엄마 아빠의 이야기를 들을수록 점점 기억과 달라지는 그곳과 함께 산다는 아이들이 궁금해졌다. 새로운 가족이 된 아이들, 이제야 학교에 다니는 아이들, 때에 맞게 소근육이 발달되지 않아 연필을 제대로 쥐지 못하는 아이들의 이야기를 들으면 안쓰러웠다.

며칠 아이들과 함께 지내다보니 무언가 다르게 보이기 시작했다. 더 이상 아이들이 마냥 안쓰럽지 않았다. 어떤 아이는 사랑스러웠다. 작은 배에 어떻게 다 들어가나 싶을 정도로 음식을 마구 삼킬 땐 뜨악했다. 머리 굴러가는 소리가 들리게 잔머리를 굴릴 땐 괘씸한 마음도 들고, 말을 걸고 싶어 주위를 서성거리는 모습이 보이면 참 귀여웠다. 아이답지 못한 모습에 슬프기도, 조립한 장난감을 내밀고는 뿌듯해하는 얼굴에 대견하기도 했다.

그다음 두 번 더 방글라데시에 갔고, 해마다 달라지는 아

이들의 얼굴을 보았다. 점점 개구진 얼굴로 변해가는 아이
들이 더 이상 이야기 속의 인물처럼 느껴지지 않았다. 사진
을 보고는 누구냐고 묻는 친구에게 "응, 내 동생들"이라고
답했을 땐 내가 말하고도 깜짝 놀랐다.

어느새 '엄마 아빠네 집 아이들'이 아니라 '내 동생들'이 되어 있었다. 누군가의 이야기에 귀 기울이다보면 그 사람을 사랑하게 되는 걸까.

공항까지 배웅 온 부모님을 뒤로하고 게이트에 들어가기 전 한번 뒤를 돌아보았다. 2주 전의 그날처럼 손을 흔들고 있는 두 사람. 언젠가 눈물을 흘리며 들었던 엘비스 프레슬리의 「Home Is Where The Heart Is」가 귓가에 재생되는 것 같았다.

Home is where the heart is

and my heart is anywhere you are

나는 결국 방글라데시를 사랑하게 되었다. 사랑하는 사람
들이 숨 쉬는 곳. 부모님이 살아가고, 내 동생들이 살아가는
땅. 그곳은 더 이상 잠시 머무르다 떠날 곳이 아니었다. 추
억이 담겨있고, 이야기가 흘러가는 곳이었다.

돌아갈 곳이 있다는 건 이런 기분이구나. 그곳에 내 세계
의 문을 열어놓고 왔다. 언제든 넘어갈 수 있도록, 어떤 이
야기든 넘어올 수 있도록.

인생에 틈 주기

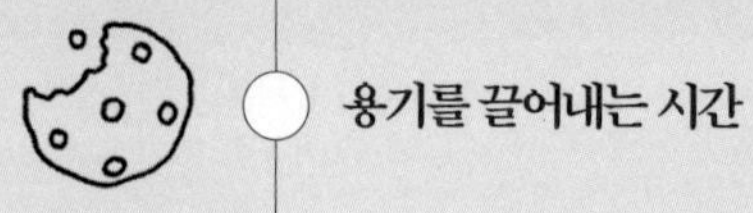

11학년 즈음 갑작스럽게 진로를 변경하게 되었다. 나는 늘 그림 그리기를 좋아했고, 내 입으로 말하기 부끄럽지만 꽤나 잘 그리는 편에 속했다. 학교에서 그림을 그리면 친구들이 책상을 둘러싸고 한 장만 그려달라고 부탁했다. 누가 꿈을 물어볼 때면 화가라고 말했고, 장래 희망을 적어내면서 한 번도 그 꿈을 의심해본 적 없었다.

열다섯 즈음 되었을 때 그림 관련 직업에도 종류가 많다는 사실을 알게 되었지만 여전히 내 꿈은 화가였다. 만화를 그리기 시작할 때에도, 선과 면을 이리저리 옮기며 디자인할 때에도, 그림 그리기를 잠시 멈추었을 때에도 내 꿈은 화가였다. 왜? 나에게 그림을 그리는 사람은 화가였고 나는 늘 그림을 그렸으니까.

그래서 알게 되었다. 나는 진짜 화가가 되고 싶었던 건 아니었구나. 하고 싶은 게 무엇인지 구체적으로 생각한 적도, 진지하게 고민한 적도 없었다. 모두가 꿈을 가져야 한다고 말하니 나에게도 하나 있어야 할 것 같고 그게 화가라고 믿었다.

고등학생 때 우연히 그림으로 돈을 벌 기회가 생겼다. 상대방이 원하는 그림을 요청하면 돈을 받고 그림을 그려주는 형식이었다. 개인이 창작한 캐릭터라든지 엽서를 그려주며 용돈벌이를 했다. 한 장에 만 원 정도 받았나.

당시 아르바이트 최저 시급보다 큰돈이었지만 몇 시간씩 그림을 붙잡고 있었으니 남는 장사는 아니었다.

밤이고 낮이고 연습장을 펼쳐 그림을 그리던 나였는데 막상 그림으로 돈을 벌게 되자(몇 푼 되지 않았음에도) 그림이 그리기 싫어졌다. 개학식 선날 밀린 방학 숙세를 해치우듯 더 이상 미룰 수 없는 날까지 그리기를 미루고 미루었다. 그려야 하는 그림은 재밌지 않았다. 이건 내가 그리고 싶은 그림이 아니었다.

　그걸 깨달은 순간, 나는 모르는 문제를 푸는 사람처럼 멍하니 캔버스를 바라보게 되었다. 삶이 시험지처럼 보였다. 화가라는 답을 선택한 줄 알았는데, 애초에 모르는 문제였던 것이다.

　주변을 둘러보니 다들 어떻게 자신의 길을 찾았는지 궁금할 정도로 척척 걸어가고 있었다. 나는 망망대해를 떠도는 난파선처럼 이리저리 휩쓸리고 있는데 친구들은 바쁘게 무언가를 하고 있었다.

　지금 생각해보면 별거 아닌 것 같지만 그때는 그게 전부일 때니까. 저 멀리서 운석이 날아오고 있는데, 모두가 대피한 지구에 나 혼자 오도카니 서있는 기분이었다.

　그냥 쭉 해왔던 것처럼 그림을 그려야 할까? 그리다보면 어떻게든 되지 않을까? 아마 안 될 거야. 세상에 잘 그리는 사람이 얼마나 많은데. 나는 그림을 제대로 배우지도 않았 잖아. 어쩌면 나는 그림에 별로 소질이 없었을지 몰라. 이렇 게 하다간 가장 좋아하던 그림이 싫어지고 말거야. 그럼 앞 으로 뭘 하면서 먹고 살래? 내 인생엔 그림뿐이었는데, 내 가 다른 걸 시작할 수 있을까?

점점 마음이 조급해졌다. 한 번도 의심하지 않았던 꿈을 매일매일 의심하기 시작했다.

누구는 어디 대학을 지원한대. 누구는 미국으로 간다더 라. 하나둘 대학 이야기를 할 때 나는 아무런 결정도 내리지 못했다. 뭘 해야 할지, 뭘 하고 싶은지 알 수 없었다. 아니, 애 초에 내가 알던 내가 아닌 것 같았다. 내가 좋아한다고 말했 던 것들이 진짜 내가 좋아한 것들이었는지도 헷갈리기 시 작했다. 그때 부모님이 말씀하셨다.

"네가 뭘 하고 싶은지 고민하는 시간을 가져봐."

갭이어, 인생에 틈을 주는 시간이다. 학업이나 일을 잠시 멈추고 진로 탐색, 자기 계발, 여행, 봉사 활동, 인턴십 등을 하며 삶을 재정비하고 새로운 경험을 하는 시간. 나는 갭이어를 '용기를 끌어내는 시간'이라고 불렀다.

삶에 틈을 준다는 건 생각보다 용기가 필요한 일이라서.

우리 같은 현대인들은 이 틈을 가지기도 전에 벌어진 틈을 메꿀 수 있을지부터 고민하고 본다. 메꿀 수 없다고 느껴지면 틈 없이 달린다. 그러니 갭이어를 선택한다는 건 나에게 꽤나 용기가 필요한 결정이었다.

자기 자신을 정비하는 시간이라고 말하지만, 갭이어가 끝났을 때 정말 스스로가 재정비되었을지 확신할 수 없었으니까. 보장되어 있지 않은 것에 삶의 일부를 쓰기엔 리스크가 너무 크다고 생각했다.

하지만 한 지점만 보고 달리다보면 매너리즘에 빠지기 쉽다. 그냥 달리고 있으니까 달리는 것처럼 내가 왜 달리고 있는지, 어디로 향하고 있는지 잊어버린다. 숙련된 달리기 선수라면 괜찮겠지만 인생에 숙련된 사람은 없지 않나. 경험의 양에 차이가 있을 수는 있어도 누구나 처음 사는 인생이니까.

그러니 가끔은 내가 어디쯤에 와있는지, 어디를 향하고 있는지 확인하는 시간이 필요하다. 혹시 길을 잘못 들지는 않았는지, 너무 숨차게 달리고 있지는 않은지 점검해야 한다.

때때로 이 길을 경주라고 착각해 멈추면 패배할 것처럼 쉼을 두려워한다. 이 길을 달리는 사람은 오로지 나뿐인 데도 말이다.

'갭이어를 갖기로 했다'라는 한 문장을 말하기까지 오랜 시간이 필요했다. 갭이어를 갖는 동안 지금까지 쌓아온 것들이 소실되면 어떡하지? 그나마 내세울 수 있던 그림 실력도 굳은 손 앞에서는 쓸모없을지도. 또래보다 뒤처지면 어떡하지? 입시나 취업에선 나이가 많은 게 핸디캡이 될 텐데. 갭이어가 끝난 후에도 특별한 변화가 없으면 어떡하지? 중요한 시기의 시간을 투자했는데 아무런 차이가 없을지도 몰랐다.

졸업이 다가올수록 불안했지만 딱 한 가지 확실한 점은 내가 어떻게 살고 싶은지 정말 모르겠다는 사실이었다. 모른 채로 살 수는 없었다. 모르지만 뭐라도 해야 하니까 할 수는 없었다. 나는 뒤로 물러날 곳이 없다는 마음으로 갭이어를 시작했다.

20인치 캐리어 하나에 짐을 꾸려 영국으로 가는 비행기에 올랐다. 비행기 티켓을 결제할 땐 난생처음 큰돈을 쓰며 손이 벌벌 떨렸는데 대학에서 공부해도 이만한 등록금을 내야 한다며 마음을 붙잡았다. 나 역시 공부하기 위한 비용을 지출하는 것이라고. 장소가 학교가 아닐 뿐이지 내 짧은 인생에 이만큼 무언가를 배우고 싶던 적은 처음이었다.

다른 사람들은 어떻게 살아가고 있는지 궁금했다. 얼마나 다양한 삶이 있는지 알고 싶었다.

무엇을 하고 싶은지, 어떻게 살아야 할지보다 모르겠는 건 나 자신이었으니까.

내가 누구인지 알아야 했다.

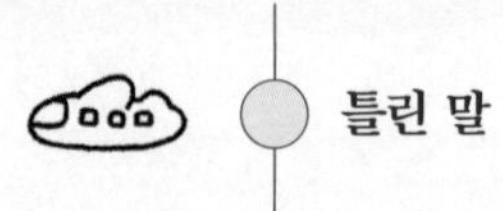

틀린 말

열 시간을 넘게 날아 도착한 땅에선 모든 것이 낯설었다. 온통 새로운 것투성이였다. 머릿속에 '다름'이란 폴더를 만들고 마주치는 모든 것을 그 안에 집어넣는 기분이었다.

예를 들자면 이렇다.

런던의 작은 플랫에서 지낼 땐 화장실과 욕실이 따로 있어 하루에도 복도를 몇 번씩 오고 갔다. 화장실 문을 열면 정면에 보이는 변기 하나와 두루마리 휴지가 전부였고, 욕실 문을 열면 빛이 잘 드는 큰 창 아래 욕조와 샤워기, 세탁기가 자리 잡고 있었다.

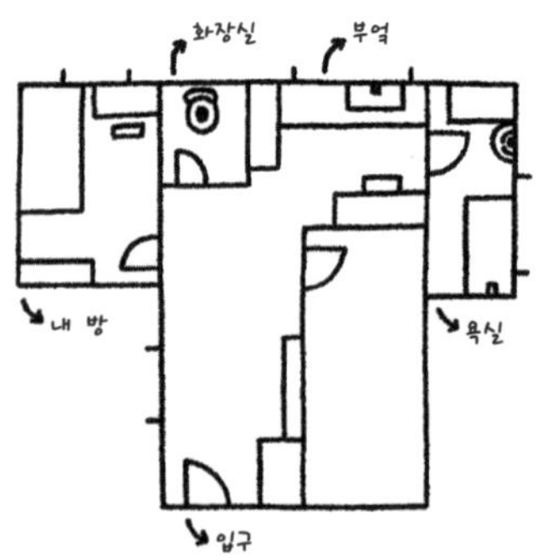

아침에 일어나 세수하고, 화장실을 갔다가 다시 샤워 도구를 챙겨 욕실로 향하면 벌써 세 번이나 복도를 왔다 갔다 한 셈이다. 한국처럼 화장실 한 군데서 모든 걸 해결하지 않았다.

오래된 건물이라 한 발 내딛을 때마다 나무판자가 삐걱이는 소리가 났다. 늦은 시간 귀가하면 소음을 줄이기 위해 벽에 바싹 붙어 게걸음으로 걸었다. 일찍 잠자리에 드는 집주인 할아버지를 깨우고 싶지 않았다.

스페인 발렌시아로 넘어갔을 땐 온종일 해변에 누워 몸을 구웠다. 선크림을 발라만 보았지 태워본 건 처음이다. 해변가 사람들처럼 비키니만 입고 누워있기엔 부끄러워 원피스를 입었더니 팔다리만 노릇노릇하게 타고, 몸통은 원피스 라인을 따라 살구색 수영복을 입은 것처럼 보였다.

어느 날은 목적지 없이 걷다 발견한 동네 화방에서 이름도 알아듣지 못한 재료를 사고, 커다란 바위틈에 몸을 끼운 채 종일 바다를 그렸다.

스페인에서 가장 적응하지 못한 건 식사 시간이었는데, 이곳 사람들은 밤 9시 즈음에야 저녁을 먹었다. '세나(Cena)' 라고 부르는 저녁 식사를 위해 밤 11시가 넘은 시각까지 식당이 환하게 불을 밝히고 있었다. 평소처럼 5시에 저녁 식사를 하는 나에게 호스트는 심각한 표정으로 "넌 배고프고 말 거야"라고 말했다.

시에스타니, 서머타임이니 모두 처음 경험해보았다.

이민을 간 이후 이방인으로 사는 일엔 익숙해졌다고 생각했지만, 이곳에선 내가 이방인이라는 사실을 온몸으로 느낄 수 있었다. 버스에 앉아있던 모두가 각자의 일터로 향할 때 나만 목적지가 없었으므로.

이 공간에 모여있는 사람들 중 언제든 이곳을 떠날 수 있는 사람은 어쩌면 나뿐이었다. 나를 얽매고 있는 게 아무것도 없다는 사실이 내가 이방인임을 증명해주는 듯했다. 그건 이곳에서 나를 붙잡는 무언가가 없다는 뜻이기도 했다.

처음 이민 갔을 땐 내가 쉽게 적응하지 못한 이유를 '너무 한국인스러워서'라고 여겼다. 살던 곳을 떠나왔으니 소속감을 느끼지 못하는 건 당연지사였다. 외형뿐만 아니라 입고 먹고 말하는 모든 부분에서 차이가 있었다. 아무리 오래 살아도 이곳에 편입되기엔 부족하다고 생각했다.

놀랍게도 다시 한국에 돌아갔을 땐 이곳에 적응하지 못했다. 그사이 너무 많은 것이 바뀌어 있었고, 친구들은 떨어진 시간만큼 달라져 있었다. 아니면 그들은 그대로인데 내가 변한 것이었을지도 몰랐다.

내가 가장 잘 알던 한국이 나를 환영하지 않는다고 느꼈다. 해외에 정착한 부모님을 두고 혼자 돌아왔으니 이제 한국엔 나를 반겨줄 사람도 없었다. 한국에 돌아가면 그동안 부족했던 2퍼센트가 채워질 거라 믿었던 긴 시간이 배신당한 기분이었다. 사람은 모두 다른 게 당연한데, 나는 자꾸만 이유를 덧붙여 나의 다름을 설명해야 할 것 같았다. 한국에 머물면서도 이방인으로서의 시간은 끝나지 않은 듯 보였고, 그건 유럽을 떠도는 지금도 여전했다.

어디에서도 이방인이라면 나는 어디에 발을 붙여야 하는지 혼란스러웠다. 그래서 아주 오랫동안 걸었다. 어디로든 가는 발걸음을 멈출 수가 없었다.

그렇게 떠돌다 집으로 돌아갈 생각을 하면 가슴이 답답해져 왔다. 내 기분이나 상태에 상관없이 항상 마음 한구석에 자리 잡은 불안 때문이었다. 나는 지금 이곳에 있는데, 왜 '진짜 현실'이 따로 있는 것만 같은 기분이 들었을까?

갭이어를 시작한 지 일 년 정도 지난 어느 날, 종종 SNS로 안부를 주고받던 친구가 진지하게 말했다.

"언제까지 그렇게 살 수 있을 것 같아? 너도 빨리 대학을 가야 해. 이미 조금 늦었잖아."

더 늦기 전에 준비해야 한다는 말은 얼핏 들으면 나를 위한 조언 같았다. 그 말은 정말 나를 두렵게 했다.

두 팔로 안을 수 없는 크기의 그림 앞에서 글을 쓰고, 북적이는 호스텔에서 만난 사람들의 이야기를 듣고, 지금까지의 인생에서 가장 큰 용기를 끌어냈던 순간들을 그는 단 몇 문장으로 '뒤처진 시간'이라고 정의했다. 이미 늦었다고. 이젠 바닥이 보이지 않을 만큼 가득 찬 '다름' 폴더를 뒤집어 탈탈 흔들어버리는 말이었다. 마음의 틈을 비집고 들어온 불안과 두려움이 풍선처럼 부풀었다.

내가 정말 잘못하고 있는 걸까? 결과가 확실하지 않은 일에 인생의 숭요한 시기를 허비하고 있는 선 아닐까? 나와 가깝지도 않은 사람이 한 말에 나는 왜 이렇게 흔들릴까?

아마도 '어쩌면 그 말이 맞을지도 모른다'는 생각이 내 안에 자리 잡고 있었기 때문이다. 용감하게 내딛은 발걸음과 다르게 마음 깊숙한 곳에서는 언젠가 보험을 들어야 한다고 생각하고 있던 것이다.

언제까지고 내가 원하는 대로 살 수 없을 테니 너무 늦기 전에 대학을 가야겠지. 얼만큼의 돈을 모아두어야겠지. 먹고 살려면 좋아하는 것보단 잘하는 걸 선택해야겠지. 그래야겠지….

용기를 내어 떠나왔지만 여전히 확신이 부족했고, 앞서 걸어가는 사람들이 보이지 않았다.

때론 지금과 다른 '평범함'을 그려보기도 했다. 내 삶이 특별해서라기보다 눈에 보이지 않는 세상의 기준선을 나는 많이 이탈한 상태였으므로.

이민을 가지 않고, 한 동네에서 자라 오랜 동네 친구들을 두고, 열심히 공부하고 적당한 대학에 가서 적당한 회사에 취직하고, 일이 끝나면 집에 돌아와 맥주 한 캔 마시며 하루를 마치는 그런 일상.

한편으로는 알고 있었다. 그건 너무 어려울 거야. 다들 평범하기 위해 안간힘을 쓰며 살아가니까. 적당한 삶을 위해

치열하게 살아야겠지.

울적해진 마음에 일기를 끄적이다 엄마에게 전화를 걸었다. 여느 때처럼 엄마라면 답을 알고 있을 것 같았다. 진지하게 말하면 진짜가 될 것 같아 별일 아닌 것처럼 말을 꺼냈는데, 이야기를 들은 엄마는 단호하게 대답했다.

"그건 틀린 말이야. 그런 말을 들었을 때 틀리지 않다고 생각하면 그 말을 따라가고 싶어져. 그럴 땐 '아니, 틀린 말이야' 하고 말할 수 있어야 해. 어떤 기준으로 늦었다고 판단할 거야? 지금 그렇게 살기로 한 사람은 앞으로도 그렇게 살 수 있어."

그래, 그건 틀린 말이었다. 내 속도를 무시하면 그때부턴 시작점이 다른 레이스 위의 경주마가 되어버린다. 중요한 건 속도가 아니라 방향이다. 시작점이 조금만 달라져도 도착점에서 아주 멀어지게 되니까. 지금은 그 방향을 잡는 시간이었다.

그 누구도 내 인생을 나만큼 들여다보지 않는다. 누군가 섬네일로 본 내 삶을 변명할 필요는 없다.

세상과 타협할 때 '맞아, 틀린 말은 아니지'라고 생각하면 두려워진다. 틀린 말이 아니라면 언젠가 맞닥뜨릴 그 상황을 불안에 떨며 기다려야 한다. 이제는 "그건 틀린 말이야"라고 당당하게 대답할 때였다.

질문하는 사람

프랑스에서 지낼 때 함께 도미토리 룸을 쓴 세 명의 친구들이 있었다. 안나와 노라는 독일, 마야는 스웨덴에서 왔다. 셋은 이미 사흘 동안 함께 지낸 사이였지만 뒤늦게 방에 들어온 나를 위해 다시 자기소개를 해주었다.

시차 적응을 못 해 해가 뜨기도 전에 일어나버린 나와 원래 일찍 기상하는 둘, 사람들의 움직임에 깬 하나. 모두가 일어난 덕분에 이른 아침부터 둥글게 앉아 대화를 나눌 수 있었다.

나와 또래였던 노라는 잠시 마음을 비우고자 이곳에 왔다고 했다. 시각장애인 학교의 교사가 되기 위해 공부 중이라고. 노라는 말하는 중간마다 떠오르지 않는 단어에 독일어를 섞어 문장을 이어갔는데, 분명 처음 듣는 단어였지만 신기하게도 노라의 말을 이해할 수 있었다.

내가 아는 독일어라곤 인사말과 '당케 슌(감사합니다)', 그리고 여행 중 만난 동갑내기 친구가 알려준 '이히 리베 쇼콜

라데(저는 핫초코를 좋아합니다)'뿐이었지만 노라와 나의
대화는 상당히 매끄러웠다.

　방에서 나와 아침 식사를 하기 위해 뒤뜰로 이동했다. 주
위를 둘러보니 혼자인 사람은 나뿐인 듯 모두가 일행을 이
루고 있었고, 애석하게도 은근슬쩍 말을 걸어볼 동양인 한
명 보이지 않았다. 말없이 바게트를 씹고 있는데 저 멀리서
보이는 노라의 얼굴. 한 번 이야기 나누었다고 그새 반가운
얼굴이 된 노라가 다가와 아침의 대화를 이어갔다.

　"나와보니 기분이 어때?"
　"아직 시차 적응을 못 해서 그런지 조금 피곤해."
　"한국에서 얼마나 걸렸어?"
　"열한 시간 정도. 너는 어느 도시에서 왔어?"
　"아마 잘 모를 걸. 뮌헨은 알지? 뮌헨 근처의 작은 도시인
데...."

　우리는 한 컵 가득 담아온 핫 초콜릿이 바닥을 보일 때까
지 이야기를 나누었다. 대체로 노라가 질문하면 내가 대답
했다.

당시 일기장에 써둔 것을 제외하면 무슨 대화를 나누었는지 이제 기억도 잘 나지 않지만 여전히 마음에 남아있는 한 가지는 아쉬움이다. 노라에게 더 질문하지 못했던 것에 대한.

왜 시각장애인을 대상으로 한 교사가 되려고 했는지. 어떤 마음을 비우고자 이곳에 왔는지. 지난 사흘간 이곳에서 지내며 무엇을 느꼈는지. 원래 말을 잘 붙이는 사람인지. 어떻게 그렇게 질문을 잘하는지.

많은 질문을 품고 이곳에 왔지만 나는 제대로 질문하는 법을 몰랐다. 질문받는 것에만 익숙했다. 한 번에 알아듣는 법이 없는 내 이름을 말할 때도 같은 질문을 수차례 받았으니까.

"진짜 이름이에요?"

"외국인이에요? 혼혈이에요?"

"해외에서 왔다고요? 어디서 살았어요?"

"얼마나 있었어요?"

"갭이어를 한다고요?"

나에 대해 설명하는 일은 익숙했기 때문에 오히려 상대방

111

에게 질문하지 않았던 걸까. 노라와 대화를 나누며 알게 되었다. 나는 질문하는 것에 익숙하지 않았다.

내 자리를 떠나오면서 가장 궁금했던 건 사람들이었다. 당신은 어떤 사람인지, 어떤 삶을 살아가고 있는지, 무슨 일을 하고 있는지, 하고 싶은 일을 찾았는지, 그렇다면 어떻게 찾았는지 궁금했다. 그런데 질문하지 않으면 알 수가 없지 않나.

나는 스스로에게 숙제를 주었다.

'질문하기'.

그동안 기록하며 스스로에게 물었듯 다른 사람에게도 물어보기로. 상대가 원하지 않으면 어쩔 수 없지만 그건 상대의 몫이고, 이 여정에서 나의 몫은 질문하는 것이라고.

이후로 나는 호스텔 도미토리를 전전하며 사람들을 만났다. 8인실 호스텔 방은 매일매일 사람들이 바뀐다. 전날 이름을 물었던 사람이 다음 날이면 다른 사람으로 바뀌어 있고, 깊이 있는 대화를 하기엔 서로가 너무나 낯선 이였지만 그래서 오히려 부담 없이 이야기할 수 있는 기회이기도 했다. 우리는 다시 보지 않을 사이니까.

잠깐 거쳐 가는 사람들 속에 한참을 머무르며 생각했다. 지금 우리는 한 공간에 있지만 너무도 다른 삶을 살고 있다고. 그 삶의 이야기들이 더 알고 싶어졌다.

저녁 내내 호스텔 주방에 앉아 퍽퍽해진 감자튀김을 퍼먹으며 오고 가는 사람들을 구경한 날도 있었고, 어느 날엔 근처 펍에서 맥주 한 잔을 들고 앉아 놀러 온 것처럼 보이는 현지인들에게도 말을 걸어보았다. 대화를 거절당할까 망설이기를 몇 번, 용기를 내 말 걸기를 몇 번.

몇 차례 대화를 주고받다보니 점점 질문하는 것이 어렵지 않아졌다. 나의 인사가 언제나 환영받지는 않았지만 그마저 새로운 경험이었다. 모든 질문의 시작은 "What is your name?" 그리고 "Where are you from?".

헬싱키에 도착한 날, 외식 물가가 비싸 지내는 동안은 돈을 최대한 아껴 요리를 해먹기로 결정했다. 호스텔 바로 옆에 커다란 마트가 있어 장을 보기에 좋았는데, 요리를 썩 잘하는 편은 아니라 파스타 면과 시판 소스, 자두 정도를 사다 놓고 먹었다.

소스를 한번 사면 다 비울 때까지 파스타만 먹었으니 질릴

법도 하지만, 그럴 때마다 운 좋게 친구를 사귈 수 있었다. 옆에서 프라이팬을 뒤집던 사람에게 얻은 바질 페스토, 양이 많다며 누군가 덜어준 베이글 두어 개. 이른 저녁부터 와인 몇 병을 비우더니 얼굴이 벌게진 아저씨들은 치즈를 한 덩이 떼어주었다. 꼬릿한 냄새가 나는 치즈였다. 나는 대충 휘휘 섞은 파스타를 들고 주방 앞 길쭉한 바 테이블에 앉았다.

대각선에 앉은 거구의 남자와 눈이 마주치자 눈인사를 건넸다. 눈이 마주쳤을 때 인사를 건네는 건 여행하며 생긴 습관 중 하나였다. 이 눈짓으로 스몰 토크가 시작되고 보통 날씨 얘기를 하다가 서로의 액센트에 이방인임을 알아챘다.

남자의 이름은 호세. 헬싱키에는 비즈니스 차 들렸다고 했다. 여행을 오면 가장 많이 묻고 듣는 질문 "Where are you from?"에 호세는 어깨를 으쓱하며 말했다.

자신은 파나마에서 태어났으나 지금은 네덜란드에 살고 있고, 부모님은 두 분 모두 다른 나라 사람이라고. 파나마인이라고 말하기엔 파나마에서 산 시간이 너무 짧고, 오랜 시간 네덜란드에서 살고 있지만 네덜란드인은 아니라고 했다. 자기의 영혼은 파나마에 있다면서.

어디에서 왔냐는 질문은 대상에 따라 상당히 복잡한 질문이 되기도 한다. 나도 그랬다. 열여덟 즈음 가장 많이 고민했던 부분이었다. 태어난 곳인 한국이라고 말하기엔 오랜 시간 한국에 머물지 않았고, "너는 한국인 같지 않아"라는 소리를 들을까봐 걱정했다. 그렇다고 방글라데시에서 산 시간이 한국에서 산 시간보다 길지도 않았다. 단순히 국적을 이야기하기엔 자꾸만 나를 설명하고 싶은 마음이 들었고, 나는 그게 싫었다.

"그래, 우리는 복잡한 사람들이지."

내 말에 호세가 소리 내어 웃고는 어깨를 으쓱하며 말했다.

"예전엔 'Where are you from?'이란 질문을 들으면 내가 태어난 곳을 묻는 건지, 내가 지금 사는 곳을 묻는 건지 되물었어. 그런데 나처럼 살지 않은 사람에게 그 질문은 큰 의미가 없더라고. 그냥 인사말 정도일 뿐인 거야. 어디서 태어났고, 어디서 살아가는지가 중요한 건 나지, 다른 사람들은 아니라는 걸 알게 됐거든."

혹시나 네덜란드에 올 일이 있다면 연락하라던 그와의 만남은 그날 대화가 마지막이었다. 노트 귀퉁이를 찢어 번호를 적어준 종이는 잃어버렸으나 아직까지도 "Where are you from?"이란 질문을 받을 때마다 호세와의 대화가 떠오른다.

어떤 사실이 나에게만 중요하다는 걸 깨달았을 땐 뒤통수를 한 대 얻어맞은 기분이었다. 고민 끝에 내놓은 대답을 "그래?" 하고 아무렇지 않게 삼켜버리는 상대를 만나면 억울했다. 내 자리를 떠나오면서까지 찾으려던 답이 누군가에겐 상투적인 질문이었다.

하지만 누군가는 평생 궁금해하지 않을 물음이라도 나에게는 오래 머물러야만 하는 이유가 있는 법이다.

테이블 위로 주고받은 우리의 질문은 다 어디로 갔나. 기억에 남지 않은 것을 보면 애써 만들어낸 질문들이 썩 좋지는 못했던 모양이다.

그럼에도 그 대화들이 의미 있던 이유는 나를 질문하는 사람으로 만들어주었기 때문 아닐까. 당시의 나에겐 오래 머무르는 질문이었을 것이다. 아쉬운 질문도, 철없던 질문도, 대답을 듣지 못한 질문도 모두.

어떤 물음은 사라졌지만, 어떤 물음은 계절을 몇 번이나 지나며 다시 나에게 돌아왔다.

이제 다음 숙제는 '좋은 질문하기'다. 좋은 질문을 하는 것. 그 질문들이 모여 지금의 나라는 문장을 만들었듯이, 갭이어는 끝났지만 내 질문은 계속되고 있다.

"그건 틀린 말이야."

그 누구도 내 인생을 나만큼 들여다보지 않는다.
누군가 섬네일로 본 내 삶을 변명할 필요는 없다.

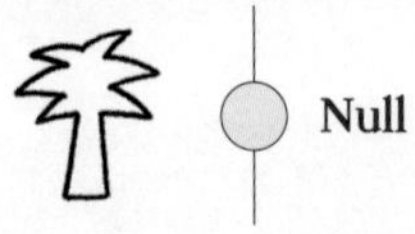

Null

리스본으로 가는 기차를 놓쳤다. 한 번 경유를 해야 했는데, 같은 기차역에서 환승하는 게 아니었다. 심지어 기차역 간의 거리는 15분, 기차와 기차 사이의 시간은 10분이었다.

이 사실을 전날 알아채고 물리적으로 환승이 불가능하지 않냐고 항의 메일을 보냈지만, 티켓 회사에서는 있는 기차편을 연결했을 뿐이라는 답변이 돌아왔다. 하는 수 없이 기차표를 날렸고, 미리 예약해둔 숙소는 취소했다.

결국 발렌시아에 더 머물게 되었다.

계획이 어그러져 반나절 정도 심기가 불편했지만, 예상치 못하게 늘어난 발렌시아에서의 일정은 나쁘지 않았다. 그렇지 않아도 이곳이 마음에 들었다. 여유롭고, 따뜻하고, 음식도 맛있는 데다 휴가철이 아니어서인지 사람도 많지 않았다.

갑자기 얻게 된 여유에 무엇을 할까 고민하다 자전거를 빌려 동네 구석구석 구경했다. 자전거를 탄 건 아주 오랜만이었지만 다행히 몸이 기억하고 있었다. 해안가를 따라 쭉 달리다 멈춘 곳에서 빠에야를 사 먹고, 해가 질 때까지 아기자기한 가게들을 구경했다. 마그넷을 파는 기념품 가게, 수제 과자점, 수공예 가게.

목적지가 없으니 지도도 보지 않고 마음 가는 대로 페달을 밟았다. 눈앞에 보이는 길로, 내 발이 움직이는 대로. 달콤한 빵 냄새에 이끌리듯 골목에 들어섰다가, 작은 가게 앞 입간판에 쓰인 'Books'라는 글자를 보고 대뜸 책방에 멈춰 섰다. 책 냄새가 나는 공간. 서점 주인과 짧은 영어와 손짓으로 대화를 나누다 붉은 노을이 내려앉은 거리로 나왔다. 아무런 계획 없는 하루였지만 마치 내가 도착해야 하는 곳으로 정확히 찾아온 것 같았다.

기차를 놓치지 않았다면 보지 못했을 풍경, 우연한 만남, 목적지가 아니었는데도 이상하게 나를 안심시키는 거리. 그 모든 것들이 발렌시아에서의 여행을 완성시켰다.

언젠가 아빠가 했던 말이 떠올랐다.

"데이터베이스에는 비워진 값이 있어. 값이 없는 상태인데,

'Null'이라고 불러. Null은 데이터를 모르거나 아직은 알 수 없는 상태란 의미지. 그건 0이 아니야. 미래를 고민하고 휴식하는 시간을 0이라고, 아무것도 아니라고 생각하면 안 돼. 아직 입력하지 않은 값인 거야."

갭이어를 보내며 가장 두려웠던 건 돈이 떨어지는 것도, 낯선 땅에서 소매치기를 당하는 것도 아니었다. 아직 알지 못하는 시간을 견디는 일이었다. 비어있는 값은 시간이 지나야 알 수 있으므로. 언젠가 알게 되는 그때까지 기다리며, 아직 입력하지 않은 값을 섣불리 0이라고 결론짓지 말아야 했다.

여행 막바지에 다다랐을 즈음 깨달았다. 내가 그렇게 찾고 싶어 했던 '나'는 지금 여기에 있다는 것을. 나를 한마디로 정의할 필요가 없다는 것을. 지금 당장 어떤 값을 확정 짓지 않아도 된다는 것을.

내가 온 힘을 다해 찾던 것들은 사실 두 손으로 쥘 수 있는 무언가가 아니었다. 그냥 존재하는 것이었다. 나무에 이파리가 돋아나고 계절이 바뀌면 낙엽이 되어 떨어지는 것처럼, 나 역시 그렇게 돋아나기도 푸르기도 떨어지기도 하면서 살아가는 존재였다. 내가 궁금해하던 것들은 주변 어딘가에서 둥둥 떠다니다 어느 날 호주머니에서 발견될 수도 있고, 친구와 대화를 나누다 문득 깨닫게 되는 것일 수도 있었다.

가장 중요한 점은 질문을 던질 수 있고, 삶에 틈을 줄 수 있어야 한다는 사실이었다.

오랜 시간 갭이어를 보내며 결국 뭘 얻었냐고 물으면 나는 '틈'이라고 말한다. 한 번 틈을 주었으니, 또 틈이 필요한 순간이 오면 다시 용기를 내어볼 수 있을 것이다.

갭이어를 마무리하며 나는 꿈을 바꾸기로 했다. 무엇이 되고 싶은지가 아니라, 어떤 삶을 살고 싶은지에 초점을 맞추기로. 화가가 되기보다 좋아하는 그림을 그리면서 살기로. 작가가 되기보다 내 삶을 기록하기로. 그러면 단지 그림을 그리는 것만으로도 꿈꾸는 대로 살아가는 사람이 될 수 있다.

화가가 꿈이었던 열여섯의 내가 소리치는 기분이 든다. 대체 무슨 차이가 있어? 화가가 그림 그리는 사람이지, 그림 그리면서 살겠다는 게 그거 아니야? 하고.

틈을 지나온 나는 대답할 수 있다. 그 둘은 다르다고. 네가 지나고 있는 시간은 아직 Null이니까 지금은 모르더라도 조금 더 기다려보라고. 내 인생의 틈, 용기를 끌어내는 시간에서 나는 정말 용기를 끌어내고 말았다!

나를 가장 좋은 곳으로 데려가주는 것들

계획대로
되지 않는 날

코로나바이러스가 한국에 퍼지기 시작한 2020년 초, 나는 프랑스로 출국을 앞두고 있었다. 목적지는 리옹 근처의 작은 마을. 마을 하나가 커다란 수도원인 그곳에서 자원봉사를 하기 위해 신청서를 제출한 상태였다. 담당 수녀님께 도착 날짜와 시간을 전달했고, 캐리어에 옷가지를 채워넣기만 하면 모든 준비는 끝이었다.

하루 이틀 뉴스 헤드라인을 채우다 끝날 것이라던 예상과 달리 확진자는 기하급수적으로 늘어나기 시작했다. 매일 아침 일과에 업데이트된 뉴스 기사 읽기가 추가되었다. 나는 앞서 세워둔 계획이 어그러질까봐 걱정되어 비행기 티켓을 일주일 앞당겼고, 지체 없이 한국을 떠났다.

장장 8,937킬로미터를 날아 프랑스에 도착했다. 비행기 도착지가 파리 공항이었기 때문에 파리에서부터 수도원까지 이동하는 데만 하루가 더 걸렸다.

파리에서 리옹으로 기차를 타고, 리옹에서 다시 기차를 갈아타는 일정. 매사에 계획대로 움직이기를 좋아하는 나에게 계획이 틀어지는 건 무엇보다 끔찍한 일이었다. 플랜 A가 실패할 경우를 위한 플랜B, C, D까지 세워두는 성격이라 때때로 같이 있는 사람들을 힘들게 하기도 했다.

밤새 하늘을 날다 프랑스에는 아침에 떨어지는 비행기였지만 최종 목적지까지 예상 도착 시간은 밤 10시. 공항에서 기차역까지 버스로 이동해 재빠르게 떼제베를 타고 리옹역까지 달리면 저녁이었다. 리옹에서 곧바로 기차를 한 번 갈아탄 다음, 배차 간격이 긴 버스를 놓치지 않고 탑승해야 했다. 물리적으로 아주 먼 거리는 아니었지만 환승 구간이 많아 초행길에는 상당히 난이도가 높았다.

공항에 내리자마자 정류장 안내 표지판을 찾아 두리번거렸다. 오래 여행하며 길 찾기에는 도가 터서 표지판 사인만 보고도 길을 척척 찾는 편이었다. 어렵지 않게 기차역으로 가는 버스 정류장에 도착했고 운 좋게 버스 출발 시간도 지연되지 않았다.

하지만 너무 빠듯하게 계획을 세운 탓일까, 도로 사정이 좋지 않아서일까, 시간을 확인하니 미리 예매한 기차 시간이 아슬아슬했다. 버스가 멈추자마자 총알처럼 튀어 나갔으나 2분 차이로 기차를 놓쳐버렸다. 멀어져가는 기차 꽁무니를 망연자실 바라보는 나에게 역무원이 다가와 고개를 절레절레 저었다. 플랜A가 물 건너간 순간이었다.

플랜B는 그다음 기차를 타는 것이었는데, 리옹에서 환승할 기차와 버스 사이의 배차 간격으로 인해 시간이 조금 떴다. 그래봐야 한 시간도 안 되는 시간이었지만 이미 차질이 생긴 탓에 현재로선 유일한 방법이었다. 기차를 놓쳐 급하게 바꾼 티켓은 마주 보는 4인석의 역방향 좌석이라 노래를 들으며 창밖을 구경하겠단 낭만적인 계획도 물거품이 되었다.

　한 가지 좋은 점도 있었다. 입국 수속을 마치고 빠듯하게 버스를 타느라 넘겨버린 식사를 챙길 시간이 주어졌다. 다음 기차까지 15분 남짓 남은 시간. 기차 역사의 향기를 담당하고 있는 크로와상 가게에 줄을 섰다. 크로와상, 핫 초콜릿과 마카롱까지 야무지게 포장했다. 그러고 보니 프랑스까지 날아와 경험하고 싶던 것이 바로 이런 여유 아니었던가?

　기차에서 내렸을 땐 사방이 어두웠다. 그새 해가 져 질푸른 하늘 아래 버스 정류장을 향해 발을 내딛고서야 한숨 돌렸다. 여기서 버스를 타면 이제 진짜 도착이었다. 같이 내린 사람들이 모두 역을 떠나고 나니 정말로 혼자가 되었다.

　시골이라서인지 도로에는 자동차 한 대 지나가지 않았다. 오직 나뭇잎 스치는 소리와 내 숨소리만 들려왔고, 몇 개 없는 가로등 불빛에 시야를 의지해야 했다. 조용한 도로에서 괜히 노래를 흥얼거리며 생각했다.

누구 한 명이라도 같이 가는 사람이 있으면 덜 불안했을 텐데.

사실 계획을 A, B, C, D 이름까지 붙여야 할 정도로 여러 개 세운 이유는 불안해서였다. 내가 생각한 대로 이루어지지 않을 땐 당황하기 마련이다. 당황한 상태에서는 뭘 해도 잘 풀리지 않는 법이고, 빨리 상황을 벗어나려다 오히려 안 좋은 결과로 이끈 경험이 많았다.

노력해도 타고난 기질 위에 쌓인 성격은 쉽게 바뀌지 않는다. 지금껏 내가 할 수 있는 최선은 다급한 상황에서 고를 다른 선택지를 준비해누는 일이었다.

하지만 살다보면 그 어떤 선택지도 적용할 수 없는 상황이 생긴다. 새까만 하늘 너머로 사라지는 해를 붙잡을 수 없고, 내가 원하는 타이밍에 내가 원하는 누군가를 만날 수 없고, 너무나 많은 사람들의 노력으로 만들어지는 시스템을 내 바람대로 바꿀 수 없다.

그 당연한 사실이 나를 두렵게 했다. 내 짐에서 가장 많은 무게를 차지하는 건 분명 불안이었다.

저 멀리서 버스가 엔진 소리를 내며 달려왔다. 밝은 헤드라이트를 보자 마음이 놓였다. 계획보다 한참 늦게 도착해 텅 비어있는 입구를 지나 수도원 사무실 문을 두드렸다.

수도원의 모두가 자고 있을 경우를 대비해 문 앞에서 밤새는 계획(몇 번째 계획인지 기억도 나지 않는다)도 있었는데, 다행히 오늘 내가 도착한다는 연락을 받고 기다리던 직원이 문을 열어주었다.

소개받은 숙소로 가는 길, 한참을 걷자 옆 마을 입구임을 알리는 팻말이 우뚝 서있다. 그 경계선 바로 앞 길다란 건물, 6인실 도미토리의 이층 침대를 배정받았다.

이제야 도착이다. 불 꺼진 방에 조용히 들어가 짐도 풀지 않고, 입고 간 재킷을 이불 삼아 덮고 눈을 붙였다. 계획대로 된 것이 하나도 없는 하루가 드디어 끝났다.

흘러가는 대로
살 수 있다니?

사람들의 소리에 잠에서 깼다. 알람 시계 없이 눈을 뜬 건 정말 오랜만이었다. 어제는 얼굴도 보지 못한 같은 방 사람들과 인사를 나눌 수 있었다.

아침기도가 끝나고 식사를 마치자마자 사무실에서 호출이 왔다. 드디어 첫날이 시작되었다는 기대와 설렘도 잠시, 도착하자마자 격리에 들어가야 했다. 당시 프랑스에서는 코로나바이러스가 이슈되지 않던 상황이었고, 한국은 확진자 급증으로 전 세계가 주목하고 있었으니 당연한 처사였다.

이때 나는 수도원에서 유일한 한국인 방문자였다. 매주 몇천 명이 오고 가는 이곳에 스페인 고등학생들 천여 명이 현장학습을 와있는 상황이기도 했다. 바이러스라는 낯선 상황을 맞닥뜨린 적은 수도원도 처음이라 나의 거처를 두고 여러 사람이 의견을 나누었다.

수녀님은 격리가 필요할지도 모른다는 말에 내가 당황하지는 않을까 걱정되어 몇 번이나 안심을 시켜주었다. 격리

제도가 없던 이곳에서 내가 그 문을 연 셈이었다. 관계자분들은 미안한 표정이셨지만 나는 오히려 좋았다. 삶의 고민을 안고 이곳에 왔고, 혼자 침묵하는 시간이 필요했으니 적절한 타이밍이었다.

격리 덕분에 가장 좋은 방인 게스트 룸에서 머물게 되었다. 1층의 공용 샤워실을 써야 하는 도미토리와 달리 게스트 룸은 화장실이 딸린 트윈베드룸이었다. 건물을 거치지 않고 마당으로 이어지는 파티오 도어도 있었다.

며칠 지나지 않아 이탈리아에도 코로나가 퍼지기 시작하며, 나 다음으로 이곳에 도착한 이탈리안 청년이 격리에 들어갔다는 소식을 들었다.

격리 해제까지 이틀을 남기고, 이곳의 보건을 담당하는 마르셀의 허락 하에 산책을 시작했다. 이 마을에 대해 알지 못할 테니 친구를 보내준다던 마르셀의 말이 진짜였는지 오후가 되자 누군가 문을 두드렸다.

그녀의 이름은 틸다. 베를린에서 온 틸다는 그 뒤로 매일 나와 산책을 가주었다. 이미 혼자 산책을 하고 온 날에도, 격리가 끝나 자유롭게 돌아다니게 된 후에도 틸다가 찾아오면 나는 또 그 애와 걸으러 나갔다. 많이 걸은 날에 스마트워치를 확인해보면 12킬로미터가 훌쩍 넘어 있곤 했다.

하루는 틸다와 산책하며 옆 마을의 중간 즈음 갔을 때 소나기가 쏟아졌다. 이렇게 맑은 하늘에 소나기라니! 올려다

본 하늘이 너무도 푸르러 빗방울을 의심하는 사이 빗줄기가 굵어지기 시작했다. 우리는 서둘러 근처 성당으로 달렸다. 이미 와있는 여자 둘, 그리고 우리 다음으로 들어온 여자 둘. 비를 피해 몸을 숨긴 모두가 예상하지 못한 얼굴로 빗줄기가 멈추기를 기다렸다.

빨리빨리 문화에서 온 나는 이런 상황이 신기했다. 사람들은 비가 오면 한 시간이든 두 시간이든 멈춰서 비가 그칠 때까지 기다렸다. 그런 여유가 허락되는 곳이었다.

버스가 다니지 않는 좁은 시골길에선 비를 맞으며 돌아가는 것 외엔 방법이 없으니 걸어가던 사람들은 당연하게 멈춰서 비가 그치길 기다렸고, 한편에서는 처마 밑에 숨어 비를 피하는 그들을 기다려주었다.

틸다와 나는 소리가 울리는 성당 안에서 속삭이듯 이야기를 나누었다. 이곳의 무엇이 제일 좋은지, 사람들과 어떤 이야기를 나누는지, 무슨 일을 했는지, 마트가 없는 이 동네에서 아이스크림이 먹고 싶어질 땐 어떻게 하는지.

그는 여기서 스스로를 발견해가는 시간이 좋고, 사람들과는 서로의 생각에 질문하고, 베를린에 있을 땐 간호사로 일했고, 아이스크림이 먹고 싶어지면 근처 아이스크림 팜

(Farm)에 가서 한 통씩 사 온다고 했다.

틸다는 이곳에서 벌써 일 년을 지냈다고 했다. 삼 개월 이상 자원봉사를 한 봉사자를 이곳에서는 '퍼머넌트(Perma-nent)'라고 부른다. 어떻게 이렇게 오랜 시간 있었냐고 물었더니 처음에는 나처럼 삼 개월을 머물 계획이었다고 했다.

지내다 보니 한 달 더, 한 달만 더, 하며 일 년을 보내게 되었다고. 이제 돌아가기까지 두 달밖에 남지 않았다고 했다. 돌아가면 무엇을 할 거냐는 나의 질문에 틸다는 아직 모르겠다고 대답했다.

정말 모른다고?

나는 이곳에 발을 디디기 전부터 자원봉사가 끝나면 무엇을 할지 머릿속으로 구상을 마친 상태였다.

비록 이곳에 온 지 며칠 되지 않았지만 만약 계획보다 빨리 떠나게 된다면, 만약 이곳에 더 있고 싶어진다면, 만약 다른 계획이 생긴다면, 하는 '만약에' 플랜을 또 A부터 Z까지 생각 중이었다.

가방 하나 들고 떠나온 내 껍데기는 자유로웠지만 정작 내 속은 그렇지 않았다. 대화할 때도, 마법 같은 풍경을 마주할 때도, 배움과 깨달음 속에서도 내가 스쳐 지나온 모든 순간을 정의하고 결론지을 수 있어야 했다.

　나에게 '그냥' 같은 건 없었다. 나는 모르는 길 위에서도 계획을 세우고 있었다.

　삶에는 분명 판단이 필요한 순간이 있고, 반드시 결론을 내려야 하는 상황이 온다. 하지만 흘러가는 것을 흘러가게 두고 살 수도 있다. 해답이 없고 결론이 나지 않아도 주어지는 순간에 충실하며 살아가는 사람들이 있다.

　산책에서 돌아오자마자 다시 굵어진 빗줄기가 창문을 때렸다.

　툭

　　툭

　　　툭

　이곳에선 무언가 자꾸만 내 마음을 두드렸다. 문을 굳게 걸어 잠근 마음을 두드려 잔잔한 수면 위로 파도를 불러일으켰다.

나에게 필요했던 건

자원봉사자 숙소에 완전히 적응했을 무렵, 저녁 산책을 마치고 돌아온 응접실에 사람들이 모여 있었다. 이탈리아를 중심으로 유럽 전역에 바이러스가 확산되는 중이었다. 저녁에 대통령의 발표가 있을 예정이란 루의 말에 나 역시 응접실에 남아 기다렸다. 불어를 못하니 프랑스인 친구들의 통역을 통해 소식을 들어야 했다. 가장 빠른 소식은 인터넷 기사도, 한국에 있는 친구들도 아닌 바로 내 옆의 루를 통해 얻을 수 있었다.

긴 기다림에 비해 별다른 수확 없이 잠들었으나 문제는 그다음 날부터였다. 늘 잔잔했던 아침 식사 때부터 어수선한 분위기가 이어졌고, 준공공적인 성격을 가진 이곳이 언제 닫힐지 모른다는 이야기가 돌았다. 당장 돌아갈 곳이 없다던 올리비아는 모두가 떠나도 자신은 이곳에 남겠다며 울기 시작했다.

유럽 내에 사는 사람들은 돌아갈 기차 편을 알아보았지

만, 나를 포함해 대륙을 건너온 사람들은 오늘 저녁에 있을 또 한 번의 발표를 기다리는 수밖에 없었다. 그리고 얼마 지나지 않아 곧 자가격리와 이동금지령이 시행될 테니 모두에게 집으로 돌아가라는 안내가 내려왔다.

짧게는 한 달, 길게는 일 년을 넘게 같이 지내온 이들에게 준비되지 않은 이별은 무척 슬픈 일이었다. 모든 사람에게 행선지가 있지는 않았으니 갑작스럽게 떠나는 것은 두려운 일이기도 했다.

출발 한두 시간 전에 운항이 취소되는 비행기가 늘어났다. 예상치 못하게 발이 묶인 사람들은 공포에 질렸다. 빠른 속도로 기차 편이 매진되었고, 독일인 친구들은 걸어서 국경을 넘었다. 호주에서 온 밀리는 다른 봉사자 친구의 집이 있는 요크셔로 떠났다. 스위스에서 온 레나는 국경이 닫히기 20분 전에 자동차로 국경을 넘었다는 메시지를 보내왔다.

모두가 집으로 돌아갈 때, 프랑스인이 아닌 사람 중 프랑스에 남은 사람은 나뿐이었다. 팔십만 원이면 구매했던 편도 티켓 가격이 이백만 원 가까이 치솟았다. 계획해둔 예산을 넘기는 상황. 지금 집에 돌아가는 선택지도 나의 계획에는 없었다. 갈 곳이 없던 나는 사람들이 점점 떠나가는 응접실에 앉아 있었다.

친구들이 하나둘 떠나며 빈자리가 생기는 응접실에서 아주 느린 인터넷으로 뉴스를 찾아보는데, 수녀님이 내 이름을 부르며 계단을 뛰어 올라왔다. 리옹으로 가면 나를 받아줄 집이 있을 테니 지금 바로 기차표를 끊어 떠나라는 한마디.

수녀님과 끌어안고 인사를 나눈 뒤, 나는 짐 가방과 주소가 적힌 메모지 한 장을 들고 무작정 리옹으로 떠났다. 기차를 타고 가는 내내 새까만 어둠이 내려앉은 창밖이 내 마음을 대신하는 것 같았다.

리옹에 도착해 지하철을 갈아타고 메모에 적힌 길을 따라갔다. 만일의 상황에 대비해 데이터를 아끼려고 구글맵 대신 말을 물어 길을 찾았다. 초행길이라 예정 시간보다 훨씬 늦게 도착했는데, 다시 생각해보면 어떻게 집을 찾았나 놀라울 정도다.

처음엔 잘못 찾아온 줄 알았다. 눈이 휘둥그레질 만큼 거대한 저택이 눈앞에 있었다. 벽에 써있는 주소는 분명 여기가 맞는데!

마당이 두 개나 딸린 3층짜리 대저택의 초인종을 누르자 인상 좋은 아저씨가 나왔다. 아저씨는 나를 보더니 손짓발짓으로 무언가를 설명하기 시작했다. 아뿔싸, 영어를 하지 못하는 분이었다.

들어오라는 손짓에 따뜻한 거실에 들어가 번역기로 이야기를 들어보니, 시간이 지나도 내가 도착하지 않자 걱정이 된 집주인 마리가 나를 데리러 지하철역으로 갔다고 했다. 아저씨는 마리에게 전화했고, 얼마 지나지 않아 자동차 소리가 들렸다.

마리는 집 방향의 지하철 입구에서 나를 기다렸고 나는 출구를 제대로 찾지 못해 빙빙 돌아 나왔으니 엇갈릴 만도 했다.

마리는 막내딸이 쓰던 3층 방을 소개해주었다. 몇 년 전 다른 도시로 떠났다던 그녀의 방은 오랫동안 비어있었는데도 깨끗하게 정리되어 있었다. 미리 라디에이터를 틀어두었는지 온기가 흐르는 아늑한 방. 창밖으로 내가 걸어온 도로가 보였고, 침대에 눕자 이 모든 일이 꿈만 같았다. 알다가도 모르는 게 인생이라지만 정말 모르는 일 투성이라니?

내가 이곳에 오게 된 경위도 아주 놀라웠다. 오래전 수도원에서 자원봉사를 했던 한 청년이 상황을 듣고는 페이스북에 글을 올려 갈 곳 없는 봉사자들의 임시 거처를 찾았더랬다. 마리는 그 글을 보고 나를 초대했다. 집에 올 사람의 성별도 나이도 국적도 몰랐으면서. 수도원에 한 번도 온 적 없는 마리는 단지 그 글 하나에 현관문을 열어주었다.

나는 아직도 페이스북에 글을 써 나를 도와준 사람이 누구인지 모른다. 그 사람도 나를 모를 테지. 그 사람에게 나는 그저 한 명의 이름 모를 청년일 것이다.

생각해보면 참 신기했다. 나는 혼자 힘으로도 잘 살고 싶어 안간힘을 썼는데, 단 한 번도 혼자 힘으로 살아본 적이 없었다. 매 순간 놀라운 방식으로 나를 도운 사람들이 있었

고, 그들은 나를 가장 좋은 곳으로 이끌어주었다. 계획해둔
대로 살고 싶어 항상 신경을 곤두세웠는데, 계획에서 이탈
한 날들이 나를 가장 좋은 곳으로 데려다주었다.

  마리의 집에서 보내는 일상은 평범하면서도 특별했다. 집
주인 마리 부부, 두 아들과 첫째 아들의 약혼녀, 그리고 나
까지 여섯 명이 지냈다. 어떤 우연인지, 첫째 아들 알렉산드
로는 교환학생으로 삼 개월간 한국에서 머물렀다고 했다.
덕분에 마리는 내가 한국에서 온 걸 상당히 반가워했다.
  격리가 시행되며 우리 여섯은 집에서 할 수 있는 일들을

찾아 시간을 보냈다. 오전에는 마리와 파이를 굽고, 오후에는 마당에 늘어져 그림을 그렸다. 마리는 하루에 한 번씩 불어를 가르쳐주었는데, 다음 날 저녁 식사를 준비할 때면 쪽지 시험처럼 어제 공부한 불어를 질문했다. 이곳에서 난생처음 애플파이 굽는 법을 배웠고 불어로 대화를 해보았다(수도원에서는 영어만으로 의사소통이 가능했다). 빵에 잼을 발라 먹는 게 끝이었던 나에게 요리의 즐거움을 알려준 마리.

저녁 식사 시간이 되면 프랑스식 식기 사용법과 식사 예절을 가르쳐주었다. 마르셀이 '프랑스에서는 항상 용도에 맞는 도구를 사용하기 때문에 물은 커피잔에 마시지 않는다'고 했던 말을 드디어 이해할 수 있게 되었다. 스프를 먹는 스푼, 샐러드를 먹는 포크, 메인 디시를 자르는 나이프, 디저트를 담는 그릇까지. 음식을 먹는 도구가 다 달랐다. 저녁 식사가 끝나면 모두가 응접실에 모여 차를 마셨고, 대통령의 발표가 있는 날이면 텔레비전을 켜고 기다렸다.

햇살 좋은 날, 앞마당에서 점심 먹다 마리에게 "프랑스 사람들은 다 이렇게 큰 집에 사나요?" 하고 물은 적이 있다. 마리는 한참을 웃더니 대답했다.

"나는 운이 좋았거든."

나도 운이 좋았다. 내 삶은 물질 대신 사람들로 채워졌다. 그리고 사람들이 부족한 물질을 채워주었다. 이건 정말 신기한 일이다.

봉사자 숙소를 급히 떠나야 했던 날, 잘 곳이 없었는데 가장 좋은 집에서 잘 수 있게 되었다. 계획이 완전히 어그러져 무엇을 해야 할지 몰랐는데 가장 재미있는 시간을 보내게 되었다. 나의 완벽한 계획이 나를 좋은 곳으로 데려다주는 열쇠는 아니었던 것이다.

계획의 범주에서 벗어나는 것들을 거절하니 반짝이는 우연을 만나기 힘들었고, 늘 목적지를 정해두고 걸었으니 무심코 걸음한 아름다운 도시를 누릴 시간이 없었다.

나이를 먹으며 쌓아온 경험은 나를 함부로 침범하지 못하게 하는 울타리가 되어주었지만 동시에 나를 그 밖으로 나가지 못하게 가두는 창살이 되기도 했다.

어쩌면 나는 나를 조금 놔주어야 했던 것이 아닐까? 나에게 필요했던 건 완벽한 계획이 아니었을지도 모르겠다.

정말 나에게 필요했던 건 흘러가는 삶을 받아들이고, 날

이끄는 손을 용감하게 붙잡고, 최선의 결정을 내리는 스스

로를 향한 믿음이었을지도.

2부

노릇노릇,
내가 만들어지는 시간

나 자신의 조종간을 놓친 내가
속도를 잃어버리는 순간
기회를 놓치지 않고 찾아오는 녀석이 있다.

번아웃 증후군.

언젠가는 그 이유를 의지가
부족했기 때문이라고 생각했다.

정말 벗어나고 싶으면 노력해야지,
노력하면 설마 안 바뀌겠냐고.

하지만 몇 번의 번아웃을 겪으며
모든 이유는 상황마다 다르고
사람에 따라 다르다는 걸 깨달았다.

속도를 잃어버릴 때

이십 대 초반의 나는 열심히 달리다 쓰러져버리는 타입이었다. 작업에 몰두하면 며칠씩 밤을 새고는 기절하듯 주말을 날려버리곤 했다. 한 가지 일을 시작하면 끝날 때까지 먹는 것도 자는 것도 미루기 일쑤였다.

해가 지날수록 더 이상 체력이 뒷받침해주지 못해 이런 생활도 마감하게 되었지만, 여전히 급할 땐 밤새 작업하곤 골골댄다. 이런 내 성격은 일할 때뿐 아니라 인생의 많은 영역에서도 비슷하게 작용했다.

마음이 잘 맞는 친구와 매일 같이 붙어 다니다 작은 다툼으로 관계를 끊어버린다거나, 무언가에 꽂혀 잔뜩 수집하고는 시간이 지나서 어디에 두었는지도 궁금하지 않게 되는 류의 일들이 종종 있었다.

취향의 변화가 아니라, 무언가에 아주 열심이다가 잔뜩 올라간 속도를 줄이지 못하고 가드레일에 꽝! 부딪혀버렸다. 페이스를 조절하며 끝까지 완주하는 마라톤에는 영 소질이 없었다.

물론 장점도 있었다. 생각한 일을 바로 시작하는 실행력은 추진력이 필요한 상황에서 눈에 띄는 강점이었다. 다만, 모든 건 양면적이라 장점이 때론 단점이 된다. 이걸 어떻게 컨트롤하는지가 중요한 지점이었다.

프리랜서로 일을 시작하곤 나에게 프리랜서가 딱이라고 생각했다. 시간과 일정을 유동적으로 조정 가능하고, 좋아하는 분야에 집중할 수 있고, 상사의 눈치를 보지 않아도 되었다. 내 우선순위를 모두 충족시키는 직업이었다.

무엇보다 의뢰받은 내용 안에서 거의 다 직접 기획하고 작업하니 내 아이디어를 몽땅 넣을 수 있는 점도 상당히 잘 맞았다. 재택으로 일하며 하루의 대부분을 반려 고양이 다코와 함께 있을 수 있다는 점도 좋았다.

문제는 나 자신을 컨트롤하는 것이다. 프리랜서로 일하는 건 좋지만 일에 잡아먹히는 것도 순식간이었다. 직장처럼 꼬박꼬박 월급이 나오지 않고 일이 들쭉날쭉하니 다음 프로젝트를 항상 준비하고 있어야 했다. 누가 시키지 않아도 끊임없이 자기 PR을 하며 일감을 잡아야 했다. 자판기 버튼을 누르듯이 "삐빅, 저는 이런 작업을 하는 사람입니다" 하고.

컨트롤러를 놓치는 순간, 일을 하고 있는 데도 불안한 마음이 들었다.

앞으로 일이 없으면 어떡하지. 누가 날 써주지 않으면 어떡하지. 내 작업물이 더 이상 세련되지 않고 멋지지 않으면 어떡하지.

언젠가 했던 고민을 다시 꺼내 들었다. 그런 상태에서는 불안한 마음과 반대로 끊임없이 일을 만들었다. 마음이 조급하니 계속해서 일할 거리를 찾았다. 그러면 유동적인 시간 사용도, 좋아하는 일에 집중하기도 아무 의미가 없어졌다. 자유롭게 일할 수 있어 좋다고 했으면서 자유는 까먹고 일만 남게 되었다.

늘어난 일을 처리하느라 새벽이 될 때까지 책상 앞에 앉아 꼼짝없이 손만 움직였다. 즐겁게 그리던 그림에 아무런 감흥이 들지 않고, 몇 시간을 작성한 글자가 그냥 희고 검게만 보였다.

종일 작업에 몰두하다보면 이 작은 태블릿 화면에 갇혀있는 기분이 들면서 나의 실제가 무감각해짐을 느꼈다. 이 세상에서 일어나는 일들이, 이를테면 누군가의 죽음이나 전쟁이나 슬픔이나 기쁨이 모두 그저 그런 일처럼 느껴졌다.

전과 달리 '그게 뭐? 그래서 어쩌라고?' 같이 시니컬한 반응이 튀어나왔다. 일기장을 펼쳐도 기록할 거리가 없거나 분풀이하듯 적게 되었다. 아주 무딘 칼날로 감정을 쓰는 것처럼 아무것도 잘려 나오지 않았다.

나 자신의 조종간을 놓친 내가 속도를 잃어버리는 순간 기회를 놓치지 않고 찾아오는 녀석이 있다.

번아웃 증후군.

며칠 푹 쉬면 회복되는 몸살과 달리 번아웃은 쉰다고 회복되지 않는다. 초기 증상은 '아무것도 하고 싶지 않은' 상태가 되는 것인데, 타자기를 두들기다가도 순간적으로 멍해지고, 무엇을 먼저 해야 할지 머리가 복잡해 생각하기 싫어진다.

매일 아침 명상은 커녕 샤워도 하지 않고, 정돈되어있던 방도 조금씩 어수선해지기 시작한다. 식사를 잘 챙기겠다며 사두었던 식판도, 매일 아침 고민하며 준비했던 점심 도시락도 찬장 속에 갇혀버린다. Hp가 바닥난 게임 캐릭터처럼 아무런 힘을 쓰지 못하는 상태. 가끔은 완전히 K.O가 되어버린다.

언젠가는 그 이유를 의지가 부족했기 때문이라고 생각했

다. 정말 벗어나고 싶으면 노력해야지, 노력하면 설마 안 바뀌겠냐고. 하지만 몇 번의 번아웃을 겪으며 모든 이유는 상황마다 다르고 사람에 따라 다르다는 걸 깨달았다.

출발점으로 끌고 가기만 하면 그 뒤로는 스스로 다리가 움직일 때가 있었고, 위로의 한마디를 붙잡고 일어났을 때가 있었고, 한참을 끌어안고 있어야 제대로 숨 쉬어질 때가 있었다. 평소 그런 사람이 아니지만 상황이 나를 그렇게 만들기도 했다.

피를 철철 흘리고 있는 사람에게 "당장 정신 차리고 일어나!"라고 하지 않듯이 마음도 똑같다. 치료를 받고, 다 나을 때까지 보살피며 마음의 상태를 살펴주어야 한다.

내 속도를 잃어버렸을 때 가장 먼저 티가 나는 곳은 집이다.

나는 꽤나 열심히 청소하는 사람이다. 아침 루틴에 꼭 환기와 바닥 청소가 있고, 아무도 보지 않는 서랍 안을 디바이더로 분류해 정리하는 게 좋다. 주기적으로 옷장의 옷을 전부 꺼내어 흐트러진 옷의 각을 잡아 개어 놓거나, 거실 한 면을 채우고 있는 메탈 선반을 뒤엎고 마치 테트리스 하듯 다시 차곡차곡 정리한다.

어릴 때는 청소가 너무 싫어 고등학생이 될 때까지도 아빠가 대신 방을 청소해주었다. 청소를 해야 할 때면 나는 '나만의 규칙'대로 자리에 둔 거라고 말했지만, 솔직한 이유는 방 청소가 귀찮고 싫어서였다(나만의 규칙대로 어질러 둔 건 사실이다).

독립하고 혼자 살기 시작하면서는 하나부터 열까지 다 내 손으로 해야 하는 상황이 무척 힘들었다. 하루만 지나도 바닥이 까슬까슬해지고, 아무렇게나 쓰레기를 버린 적도 없는데 무언가 방바닥을 굴러다니고 있었다. 화장실 타일 사이에는 왜 이렇게 금방 때가 끼는지, 널어둔 빨래를 왜 굳이 개서 옷장에 넣어야 하는지 이해되지 않았다(그냥 빨래 건조대에 걸려있는 옷을 하나씩 빼서 입으면 안 되나?).

당연히 음식물 쓰레기인 줄 알았던 딱딱한 과일 껍질이 일반 쓰레기라는 것부터 날짜 지난 의약품은 동사무소에 반납해야 된다는 사실까지. 정확히 알지 못했던 영역이 정말 많았다.

지금처럼 틈날 때마다 청소를 하게 된 건 하루아침의 변화가 아니라 집에 대한 내 생각이 점차 바뀌었기 때문이다. 내가 머무는 공간이 내 마음과 같다는 생각을 하게 되었으니까.

한국에 살았던 어린 시절엔 이사를 자주 다녔다. 부모님 일을 따라 2년마다 이사를 다녔더니 초등학교만 네 군데를 다녀야 했다. 항상 방 세 개짜리 집에서 방 하나는 부모님이, 또 다른 하나는 이층 침대를 중앙에 두고 오빠와 내가 절반씩 사용했다.

나머지 방 하나에는 언제나 엄마 아빠의 제자인 대학생 언니들이 있었다. 작은 집은 항상 북적였고 그게 무척 익숙하고 좋았다. 그때까진 모든 사람들이 그렇게 사는 줄 알았다.

새 학교에 적응하고 동네에 익숙해질 때쯤이면 또 다시 이사를 갔다. 그렇게 몇 번 반복하다 해외로 이민을 간 직후에는 한국으로 다시 돌아가고 싶다는 마음에 집이란 공간에 쉽게 정을 붙이지 못했다.

고등학교를 졸업하자마자 부모님 곁을 떠나 혼자 들어온 한국에서는 지낼 곳이 없어 친한 이모 댁에 머무르게 되었다. 가족 같은 사이라 편한 공간이었지만 그것과 별개로 내 집이 아닌 건 사실이었다. 갭이어를 보내며 이리저리 걸음을 옮길 때까지 그저 잠시 머무르는 곳일 뿐이었다.

그러다 처음으로 내 집이 생겼다. 전세 대출로 구해 내 집이라기보단 은행의 것이나 다름없던 응암동 어느 오르막 끝의 작은 전셋집. 언덕에 있어 현관은 1층인데 베란다는 2층 높이인 독특한 집. 겨울이면 결로가 생겨 벽을 타고 물이 흘러도 내 집이 있다는 사실이 마냥 좋았다.

'내 집'이 생긴 후로 새로운 취미를 몇 가지 갖게 되었다. 첫 번째는 방 꾸미기. 원래는 자주 이사를 다니거나 내 집이 아닌 경우가 많아 어느 순간부터 짐을 늘리는 건 딱 질색이었다.

내 몸 꾸미기는 좋아해 옷과 액세서리는 잔뜩 샀지만 책도 전자책으로만 읽었고, 장식이나 오브제는 거들떠보지도 않았다. 내 공간이 없기도 했지만, 청소를 싫어해서 더더욱 그랬다. 짐이 늘어날수록 청소가 더 힘들고 먼지 쌓인 장식품은 처치 곤란이니까.

'내 집'에서는 가구부터 시작해 커튼 색과 화장실 발판까지 모두 직접 골라야 했다. 이케아를 밥 먹듯이 갔고, 가지고 있는 예산과 추구미(추구하는 스타일) 사이에서 끊임없이 타협해야 했다.

침대를 창문 아래에 두었다가, 가로로 돌렸다가, 옷장 앞으로 옮겼다가. 기왕 두는 거 가구 색을 통일했으면 좋겠고, 이 위치에 뭐가 있으면 좋겠고.

어릴 때 했던 아바타 키우기와 집 꾸미기를 실제로 하는 기분이었다. 시선이 자주 닿는 벽에 좋아하는 그림 엽서를 붙이고, 혼자 쓰는 그릇도 예쁜 모양으로 구매했다.

두 번째는 식물 키우기. 산보다 바다, 식물보단 동물을 더 좋아하는 나에게 놀라울 만큼 새로운 취미였다. 처음엔 하얀 벽지에 하얀 창틀, 하얀 침대, 하얀 책상까지 온통 하얀 방이 밋밋해 화분을 하나 둘까 싶었다.

당근마켓에 검색해보니 공기 정화 식물이 여러 개 올라와 있었고, 며칠간의 고민 끝에 아스파라거스 화분을 하나 분양받았다. 살면서 식물은 강낭콩 관찰 일지를 쓴 초등학생 때가 마지막이었다. 다행히도 키우기에 까다롭지 않다는 판매자의 소개글이 거짓말은 아니었는지, 아스파라거스는 무던하게 잘 자랐다.

매일 아침 식물 보는 재미가 쏠쏠했다. 분명 말도 못하고 표정도 없는데 나와 소통하고 있었다. 햇빛을 받으면 푸른 이파리가 반짝이고, 물이 과할 때면 잎끝이 노랗게 물들었다. 이 모든 게 식물만의 의사 표현이었다. 분갈이할 때가 되면 풍성하게 자란 이파리가 화분 밖으로 튀어나왔다.

식물 키우기에 재미가 들린 후로는 혼자서도 잘 크는 테이블 야자부터 시작해 몬스테라, 고사리, 방울토마토, 작은 상추 텃밭까지 열 가지도 넘는 화분을 들였다. 방울토마토는 여름 내내 따먹었다. 어떻게 해도 웃자라는 상추는 결국 세 번째 뜯어 먹었을 때 키우기를 포기했다.

이 취미들은 집에 대한 애정을 동반했다. 구석구석 내 손길이 닿은 공간을 아끼게 되는 건 당연지사였다. 그러다보니 집에 오래 머물게 되었고, 청소는 내 라이프스타일로 자리 잡았다. 집에 머무는 시간이 길어질수록 '잠시 때울 용도'가 아닌 제대로 된 것을 쓰고 입고 먹고 싶어졌다.

하지만 가끔 아주 무기력해질 때가 있었다. 일도 하고, 사람도 만나고, 크게 다를 것 없이 느껴지는 일상을 살아도 어딘가 하나 고장 난 것처럼.

그럴 때면 매일 쓸고 닦는 바닥도 먼지가 쌓이게 내버려두었다. 다 마신 커피잔을 닦지 않아 싱크대가 머그로 가득 찰 때도, 건강하게 챙겨 먹겠다며 사 온 야채가 다 시들어 봉지째 버려질 때도 있었다. 식기세척기에 넣고 버튼을 누르기만 하면 되는데 그 동작 하나가 어려웠다. 잘 사는 것 같다가도 발밑이 흔들리는 것처럼 중심을 잡고 서있기 힘들었다.

몸을 움직여 쓸고 닦고 정리하는 청소는 사실 몸의 힘보다는 마음의 힘이 들어가는 행위다. 내가 청소를 미룬 이유는 하기 어려운 일이라서가 아니라, 손가락 하나 까딱할 마음의 힘이 없는 상태였기 때문이다. 마음이 지칠 때면 청소는 커녕 내 몸을 닦는 일도 피곤하게 느껴지니까.

　집을 보면 내 상태를 알 수 있다. 가지고 있는 힘만으로도 일상에 충실할 수 있을 때면 집이 깨끗하고, 애써 힘을 내야만 했던 날엔 먼지가 내려앉도록 청소를 미뤘다.

　툭 치면 금방이라도 쏟아질 듯한 책 더미, 다 쓴 샴푸를 바꾸지 않고 밀어둔 욕실 선반, 앉을 자리 없이 옷을 쌓아둔 의자. 책상 위 제멋대로 쌓여있는 물건들 때문에 침대에 걸터앉아 노트북을 두들기는 날들.

　잠을 자도 피로가 풀리지 않고 몸보다도 마음이 더 피곤해졌다. 지쳐있는 몸을 누일 공간은 지저분하고, 어수선한 시야만큼 마음도 어지러웠다. 심할 땐 내가 피곤하고 지쳤다는 사실조차 인식하지 못하고 마냥 버거워졌다.

　'마음처럼 되는 게 하나도 없어!' 같은 말이 입 안을 맴돌았다. 마구 어질러진 방에서도 변함없이 같은 시간에 일어나고, 대충 냉장고를 뒤적여 식사했다. 언뜻 보면 평범해 보이는 일상이지만 어딘가 기울어져 있는 하루들이 이어졌다. 정리할 시간이 없는 게 아니라 그럴 마음의 여유가 없었다.

　지저분해진 방을 다시 치우기 시작할 때마다 특별한 계기가 있지 않았다. 때때로 아주 뜬금없는 순간들이 내 몸을 일으켰다. 창문을 넘어온 햇살에 여름이 왔음을 느끼는 순간, 집으로 오는 길 눈에 들어온 과일 한 팩을 집는 순간, 모처럼의 낮잠 후 샤워기 아래에서 찝찝한 몸을 닦아내는 순간.

어디선가 날아온 신호는 내 주변을 둘러보게 했고, 늘 가장 많이 머무는 공간부터 눈에 들어왔다. 내 속도를 잃어버렸을 때 가장 티가 나는 곳이었으니까.

'신호받기'.

마음을 다시 일으키는 첫 번째 스텝이다. 두 번째 스텝은 '내 주변을 둘러보는 것'이고, 마지막은 '딱 10분 정도의 힘을 내기'다. 딱 그만큼의 힘으로 10분만 몸을 움직인다. 그게 청소가 되었든, 모처럼의 맛있는 식사가 되었든, 산책이 되었든 잠시 몸을 예열해준다. 다시 몸의 시동을 켜고 일상을 보낼 수 있도록.

아마 마음의 신호등은 항상 켜져 있었을 거다. 다른 여러 이유로 확인하지 못했을 뿐이다. 고장 난 신호등을 너무 오래 방치했거나.

내 공간은 내 몸과 함께 마음이 머무르는 곳이다. 주변 정

리는 결국 마음 정리와 같은 일이기도 하다. 마음이 머무르
는 곳은 소중히 다뤄주어야 한다. 귀한 보물을 아무렇게나
던져두지 않으니까.

　모든 서랍을 열어 먼지를 닦고, 엉망으로 쌓여 있는 노트
와 책을 분류하는 데 꼬박 하루가 걸렸다. 선반을 정리하려
고 보니 이동식 서랍 아래에 다코의 장난감 공이 잔뜩 숨겨
져 있었다. 그 많은 공이 다 어디로 갔을까 한참 찾았는데
다코가 여기에 숨겨두었나보다. 어느 날 없어진 머리 끈과

펜 몇 자루도 나왔다. 이 작은 집에서도 무언가를 잃어버리다니, 잃어버리는 일은 공간이 넓기 때문만은 아닌 것 같다. 복잡하고 정돈되지 않은 곳에서는 뭐든 쉽게 잃어버리기 마련이다.

마음이 머무는 곳을 늘 아껴주기로 했다. 혼란스러운 마음으로 삶을 헤매다보면 어느 순간 세상 속에서 물건뿐 아니라 나 자신까지 잃어버릴지 모르니까.

늘 정돈된 삶을 살 수 있으면 좋겠지만, 그럴 수 없다면 마음의 신호등을 자주 보자. 지금은 어떤 색의 불이 켜져 있는지.

마음이 머무는 곳을 늘 아껴주기로 했다.

혼란스러운 마음으로 삶을 헤매다보면
어느 순간 세상 속에서 물건뿐 아니라
나 자신까지 잃어버릴지 모르니까.

하루를 씁니다

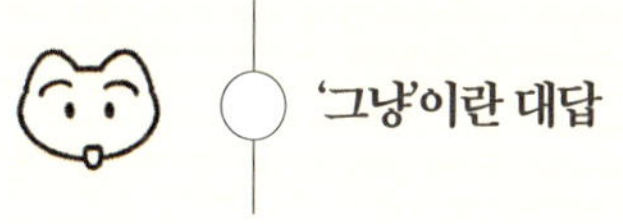

'그냥'이란 대답

"이 옷 어때?"

"너 똑같은 옷 있잖아."

인터넷 쇼핑을 하다 마음에 드는 옷을 발견해 친구에게 보여준 참이었다. 엄마의 표현을 빌리자면 옷을 절반 자른 듯 배꼽을 간당간당하게 덮는 흰색 셔츠였다. 워낙 셔츠를 좋아하는 데다, 그중 가장 좋아하는 색은 흰색이라 내 옷장은 절반이 흰 셔츠였다.

친구는 다 똑같은 옷이라고 말했지만 당연히 다 같은 옷은 아니다. 하나는 목이 둥근 칼라, 하나는 리본처럼 큼직한 칼라, 하나는 부들부들한 오가닉 면, 하나는 비닐처럼 반질거리는 원단이었고 또 하나는 가슴팍에 포켓이 달려 있었다. 이번에 고른 건 반이 뚝 잘린 크롭 기장이었으니 완전히 다른 옷이었다.

너도 참 취향 확실하다는 친구의 말에 "네가 할 말은 아니거든?" 하고 맞받아쳤지만 사실 동의하는 바였다. 나는 어렸을 때부터 취향이 확실한 편이었다.

크림 스파게티보다 토마토 스파게티가 좋고, 드럼 소리가 잘 들리는 음악이 좋고, 하얀색 옷이 좋고. 카페를 가면 메뉴를 고민할 필요 없이 화이트모카를 주문했다(이제는 더 이상 먹지 않는다). 친구들이 "에셀이는 이걸 더 좋아해"라고 대신 대답해줄 정도였다.

그래서 나는 나를 잘 알고 있는 줄 알았다. 내가 원하는 걸 말할 수 있고, 언제나 선호가 명확했으니까. 내 사전에 '아무거나'라는 건 없었다.

내가 어떤 사람인지 안다는 사실은 단순히 취향이나 선호를 아는 일과는 조금 다르다. 무언가 좋아하고 싫어하는 건 내 기호다. 당연히 나의 한 부분이지만 언젠가 바뀌기도 하고 잊히기도 한다. 진짜 내가 누구인지 알기 위해서는 조금 더 본질적인 질문이 필요하다. 왜 이게 좋은지, 왜 그게 중요한지, 왜 그게 갖고 싶은지.

나는 종종 "그냥"이라고 대답했지만 사실 그냥이 아니었다는 걸 시간이 지나고서야 알게 되었다. 혹은 "그냥"이라고 답했기 때문에 정말 그냥으로 남아버렸다는 걸 한참 후에 깨닫기도 했다.

시간은 빠르게 흐르고 돌아보지 않는 시간은 쉽게 잊히므로 '그냥'이 된 어떤 것들은 분명 내 안에 있지만 없는 듯이 살아간다. 혹은 너무 빨리 결론지어 하나의 단어나 문장으로 정의된 채 방치되거나.

사춘기가 막 시작될 무렵, 한창 싸이월드 미니홈피가 유행이었다. 얼굴을 다 가려 누군지 알아볼 수도 없는 사진을 올리고, 말로 하면 되는 걸 굳이 일촌평에 남기던 시절.

그때 난 교회 수련회에서 받은 단체 티를 입고 등교하거나, 바지를 한두 개로 돌려 입는 평범한 애였다. 너도나도 다리를 타이트하게 감싸는 스키니진을 입기 시작했을 때, 엄마 손을 잡고 간 옷 가게에서 바지를 하나 샀다. 청색에 흰색이 얼룩덜룩 묻어있는 일명 곰팡이진. 매장 유리창에 당당하게 진열되어있던 그 바지가 너무 마음에 들어서 매일 입고 학교를 갔다. 그리고 어느 날 미니홈피 공유 다이어리에 올라온 글을 읽었다.

　　개는 옷이 그거 밖에 없나봐.

　　가슴이 쿵 떨어지는 것 같았다. 잘못 읽었을까 두세 번을 다시 읽었다. '빨래도 안 하는 듯' '내일도 입고 오는지 보자'라고 달린 댓글에 얼굴이 달아올랐다. 이름이 적혀있지 않았지만 내 이야기라는 걸 알았다. 예쁘게 걸어둔 바지를 쳐다보고 싶지도 않았다.

 다음 날 학교에 가서는 그런 글을 본 적 없는 듯이 행동했고, 부모님에게도 말하지 않았다. 상처를 확인하면 그때부터 아픔이 몰려오니까 얼른 보이지 않게 덮어버렸다. 상처받은 티를 내면 정말 그 애들이 말하는 사람이 될 것 같은 기분도 들었다. 마치 없던 일처럼 지내다보니 정말 이런 일이 있었다는 걸 새까맣게 잊어버렸고, 몇 년이 지나고 엄마와 이야기를 나누다 우연히 그때가 생각나 말을 꺼냈다.

"왜, 그때 있잖아. 정릉 살 때. 엄마가 사줬던 바지 기억나?"

그런데 웬걸, 눈물이 났다. 뚝 떨어진 눈물을 닦으며 몹시 당황했다. 아주 오래 잊고 있던 기억이었는데. 한참 전의 이야기고, 철없던 애들의 못된 행동이라며 이제는 슬픔이 한 톨도 남지 않았다고 생각했는데.

　그때 나에게 큰 상처가 났었다는 걸 스물이 되어서야 알았다. 시간이 많이 지나고 나서야 그 흉터를 발견했다.

　돌아보면 질문하기는 커녕 제대로 들여다보지도 않은 순간들이 있었다. 외면엔 언제나 당연한 이유들을 동반했다. 자세히 살펴보기는 두려우니까. 먼저 해결해야 하는 일이 있으니까. 나만 힘든 거 아니고 모두가 힘든 세상이니까. 붙잡고 있어봐야 도움 되지 않는 것 같으니까.
　급한 불을 끄는 느낌으로 서둘러 넘겨버린 일들도 많았다. 어떨 땐 존재하는지조차 모르고 넘어갔다. 읽지 않고 넘겨버린 페이지 속엔 무엇이 쓰여 있는지 알 수가 없었다.

　나는 좀 더 나를 들여다봐야 했다.
　하지만 대체 어떻게 나를 들여다봐야 할까? 사람은 사탕처럼 껍질을 까볼 수도 없는 일인데. 가슴이 꽉 막힌 것처럼 답답함을 느끼던 나에게 잊고 있던 좋은 친구가 떠올랐다.

일기장이었다.

나를 들여다보기 위한 방법으로 기록을 고른 건 어떻게 보면 아주 당연한 이유였다. 어릴 때부터 일기를 썼으니까. 가장 많은 시간을 보내던 취미도 그림 그리기라 엉덩이를 딱 붙이고 앉아 가만히 무언가를 쓰는 행위에 익숙한 편이었다.

처음 일기를 쓰기 시작한 때는 일곱 살 즈음, 마루에 누워 글자보다 그림이 많은 일기장을 채울 때부터다. '목욕을 했습니다' '아이스크림을 먹었습니다' 같은 내용이 적힌 그림 일기.

일기가 쓰기 싫은 날엔 글자가 점점 커지다 못해 단 두 문장으로 한 페이지를 가득 채울 때도 있었는데, 꼭 그렇지 않더라도 딱히 내용이랄 게 없는, 그저 하루를 쭉 나열한 일기들이었다.

초등학교에 들어가서는 자물쇠를 채워 쓰는 비밀 일기장에 좋아하는 짝꿍 이야기를 적었고, 친한 친구 두 명과 하루씩 돌려가며 쓴 교환 일기는 일기보다 편지에 가까웠다. '너희가 너무 좋아' '떡볶이 먹으러 가자' 같은 말을 풀어 쓴.

사춘기 시절에 쓴 일기는 언제 봐도 손발이 오그라들어 절대 꺼내보지 않았다. 몇 번 불태울까 생각도 했지만 이 마저 모두 지나온 내 시간이라 생각하니 차마 그럴 수 없었다. 한동안 일기를 쓰지 않은 적도 있었으나 어째서인지 매년 새해 다이어리 준비는 잊지 않았다.

스스로를 '기록하는 사람'이라고 소개하기 시작한 건 첫 책을 출간한 이후부터지만, 나는 늘 기록하는 사람이었다. 굳이 말로 하지 않아도 그냥 존재하는 사실이었다. 나는 항상 기록하고 있었으니까.

가끔은 휘발되는 기억을 막아보려고, 또 가끔은 행복했던 일을 글자로 남겨보려고, 언젠가는 학교 선생님이 일기장에 남겨주시는 코멘트가 좋아서, 가끔은 마음을 짓누르는 기억을 풀어내고자 일기를 썼다. 그러니 아주 거창한 이유로 기록을 했던 건 아닌 셈이다.

기록은 내 취미이자 하루의 마무리 일과였고, 가장 가까운 친구이면서 동시에 내 마음 깊숙한 곳을 열 수 있는 열쇠였다.

기록에는 여러 효능이 있지만(보약처럼!) 그중 제일은 자신에 대한 이해도가 올라가는 것이다. 하루를 돌아보는 과정에서 눈치채지 못했던 구석을 발견하고 스스로에게 질문을 던져볼 수 있게 된다.

나 자신에게조차 솔직하지 못한 순간에도 스스로 솔직하다고 믿기 때문에 진짜 내 마음이나 자신을 모르는 상태로 넘어가는 경우가 흔하다. 알고 있다고 생각하면 당연한 대답으로 넘어가니 '정말인가?' 하고 멈칫해볼 순간조차 사라진다.

솔직하고 정제되지 않은 내 모습을 확인하는 일은 생각보다 어렵다. 종종 자신이 되고 싶은 모습과 진짜 자기 자신을 헷갈릴 때가 있으므로. 혼동이 과해지면 나에게 없는 어떤 모습을 나 자신이라고 착각하며 살기도 한다. 이 착각에서 시작된 괴리는 삶의 여러 순간에 영향을 미친다.

첫 번째 책이었던 『괜찮은 오늘을 기록하고 싶어서』에는 기록에 대해 이렇게 썼다.

'기록은 나를 사랑하는 방법 중 하나'라고.

여기서 중요한 건 '나'다. 사랑이 향해야 하는 방향이 '나'라는 거다. 나라고 생각했던 혹은 '어떤 사람'으로 정의해둔 내가 아니라 있는 그대로의 나.

사람은 여러 면의 모습을 가지고 있다. 어떤 면은 진짜고, 어떤 면은 가짜라고 딱 잘라 구분하기 힘들다. 분명 정도의 차이는 있어도 다 내 안에 있다. 하지만 자신을 소개하는 자리에서 우리는 내면에 존재하는 여러 모습 대신 자꾸만 이름 앞에 다른 수식어를 붙인다. 어디 출신, 어디 학교, 어디 회사, 어떤 직업. 심지어 요즘은 내가 말하지 않아도 세상이 내가 누구인지 말해주기 때문에 더더욱 그렇다.

가정 환경, 교육 수준, 사회적 위치, 출신 학교, 재정 상태와 같은 요소가 정의한 내가 아니라, '진짜 나'를 찾기 위한 방법으로 기록을 선택했다.

기록하며 끊임없이 질문했다.

왜? 어째서? 정말로?

그리고 의외의 답을 찾았다.

내가 화난 줄 알았는데, 나는 실망한 거구나. 이걸 갖고 싶은 줄 알았는데, 나는 가지고 있는 것처럼 보이고 싶던 거구나.

괜찮다고 대답했지만 그때의 기억 때문에 괴롭구나. 나는 이렇게 계획을 세웠는데, 실제로는 다르게 살아가고 있네.

내가 하지 않은 게 아니라 사실은 하지 못했다는 걸 발견하기도 했다. 화가 날 때면 습관처럼 말하던 "나는 원래 이래" 속 '원래'의 의미를 깨닫던 날 제대로 마주한 내 마음에 눈물을 흘렸다.

기록은 나라는 사람에 대해 알아가는 탐구의 과정이었고, 그 과정에서 발견한 것들을 받아들이고 사랑하는 방법이었다. 좋지 않은 기억과 존재하는지도 몰랐던 감정들까지도.

쓰면 쓸수록 기록이 삶과 닮아 있음을 느꼈다. 기록할 때의 모습과 삶을 대할 때의 모습이 크게 다르지 않았다.

글씨가 못나 보이거나 오타가 난 페이지는 가차 없이 찢어버렸다. 내 삶에서도 실수하고 실패한 부분은 찢어내버리고 싶었다. 잘못 이어간 관계는 지우고, 매년 새로운 다이어리를 펼치듯 새로운 나를 시작하고 싶었다. 그러나 내가 버린 줄 알았던 것들은 찢어진 페이지에 남은 종이 자국처럼 내 삶에 흔적을 남겼다.

펜을 잡았다 쓸 말이 없어 결국 백지로 넘겨버린 날들과 무감각하게 흘러가는 하루를 엎지르듯 쏟아버린 날, 소소한 일상의 한 부분이 담긴 기록과 나를 일으켜 세워주는 아주 사소한 순간이 서로 무척 닮아 있었다.

삶을 대하는 건 어렵지만 기록은 그보다 쉬우니까 기록하며 삶을 대하는 연습을 했다. 기록이 눈에 띄는 변화를 가져다주지는 않았지만, 기록할수록 점점 더 좋은 질문을 던지고 싶어졌다. 끊임없이 스스로에게 묻고 싶은 것들이 생기고, 기록하는 행위를 거치지 않고도 마음을 정돈할 수 있게 되었다.

이제는 입에 붙어버린 "안녕하세요. 기록하는 사람, 빵이
입니다"란 인삿말. 다르게 말하면 "안녕하세요. 부족하지만
있는 그대로의 제가 좋은 빵이입니다"란 의미다.

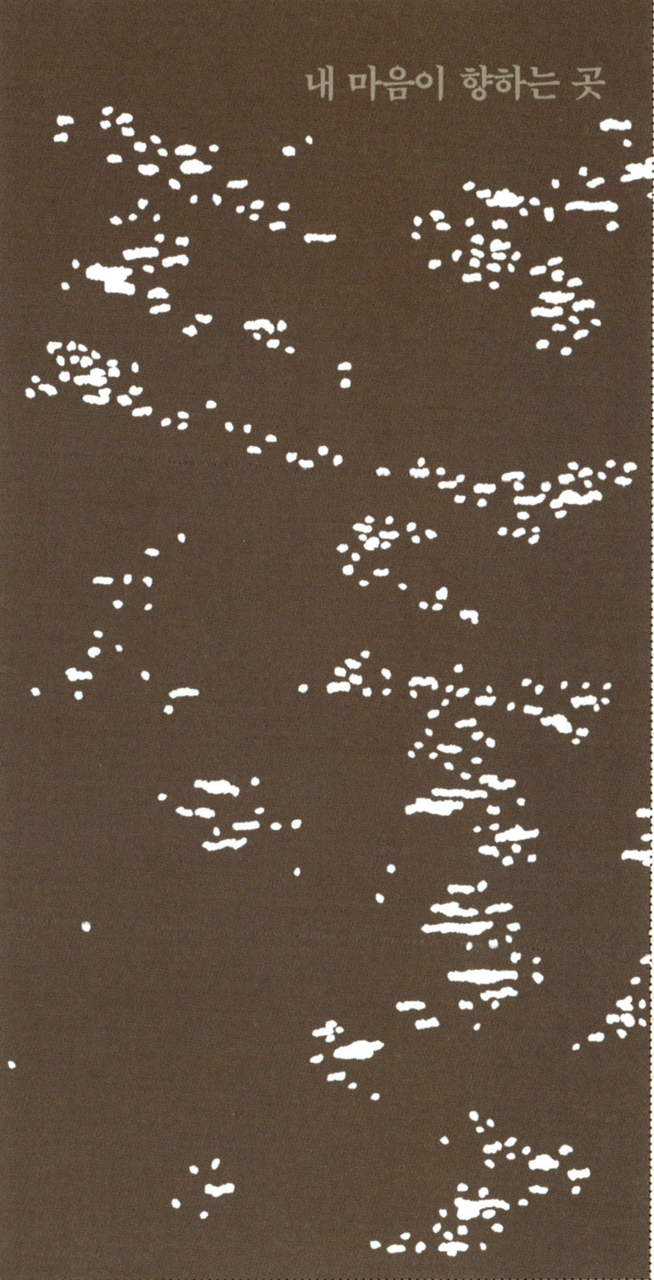

내 마음이 향하는 곳

마음의 먼지닦기

세상은 한시도 조용한 날이 없고, 원치 않는 소식들까지 매일매일 접한다. 메일을 확인하려고 들어간 인터넷에서 어떤 연예인의 사과문을 보고, 이따금 지인을 만나러 나가면 나와는 전혀 상관없는 누군가의 결혼 소식을 듣는다.

사람들이 바글바글 모여 있는 서울에 살며 사람으로 가득 찬 버스에 간신히 올라타는 아침. 시끌벅적한 이곳에선 내 마음도 덩달아 분주해져 마음이 향하는 곳을 찾기가 어려워진다.

요란한 세상에서는 소음이 있는 곳에 시선을 두기 쉽다. 그 사이 마음은 방치되고 어느새 먼지가 폭삭 내려앉는다. 무엇인지 알아볼 수 없게 먼지 쌓인 마음을 품고서 나는 나를 잘 모르겠다고 말하곤 했다.

먼지에 파묻혀버린 마음은 다 닦아낼 때까지 보이지 않는다. 다신 일어날 수 없을 정도로 넘어지거나, 아주 큰 사고

가 나지 않는 한 우리는 굳이 마음을 들여다볼 생각을 안 하고, 그렇게 마음엔 계속 먼지가 쌓여간다.

한동안 열심히 밥을 차려 먹겠다며 매일 아침 도시락을 싼 적이 있었다. 계란말이에 햄을 넣어 말고, 오이를 별 모양으로 썰어 멋을 냈다. '자취생 집밥 레시피' '직장인 도시락'을 검색하며 평소에 손도 대지 않았던 파를 한 단이나 사놓았다.

아침에 한 시간 일찍 일어나 점심 도시락을 싸는 날엔 반나절 내내 기분이 좋았다. 준비하는 비용이 근처 식당에서 사 먹는 것과 큰 차이가 없었음에도 꾸준히 도시락을 쌌다. 내가 나를 챙기는 기분이 좋았다. 나를 위해 성성스럽게 요리해먹는다는 건 아주 직접적인 방식의 돌봄이었다.

한순간에 매일 밤 열심히 고민한 식사 메뉴도, 매일 아침

챙긴 도시락도 꺼내지 못하게 되는 날이 오기도 했다. 별일을 다 하면서도 내 손으로 밥 한 끼 차려 먹지 못하는 날이.

살다보면 세상의 때와 감정의 부산물이 엉겨 붙어 마음에 쌓이고, 그 위로 먼지가 내려앉아 내 마음이 어디를 향하는지 볼 수 없다. 그러면 잘 사는 것 같다가도 발밑이 무너진 것처럼 휘청거린다.

가끔은 정돈되지 않은 삶을 들여다보고 싶지 않아 일기 쓰기도 미루고, 불쑥 드러나는 날 선 나의 모습을 모른 척하고 싶기도 한다. 이런 순간도 있다는 걸 받아들이는 일이 칼에 찔리는 것처럼 두렵게 느껴졌기 때문에. 그 날카로운 칼을 쥔 사람이 나라는 사실도 잊고서 말이다.

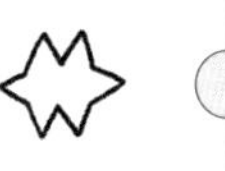

마음의 먼지를 닦는 법
: 잠시 멈춤

마음에 먼지가 쌓이는 이유는 대체로 나를 돌아볼 여유가 없기 때문이다. 시간적 여유가 없으니 레토르트식품으로 끼니를 때우고, 마음에 여유가 없으니 주변을 돌보지 않는다. 나를 지켜주는 방어벽이 제대로 일하지 않는 상태라서 충격을 있는 그대로 흡수해 과부하가 걸리기 쉽다.

나에겐 마음의 먼지를 닦아주는 몇 가지 방법이 있다(언제나 정답은 아니었다). 한때는 그게 사람이었어서 누군가와의 만남으로 해결하곤 했지만, 사람에게 받은 스트레스로 인해 관계를 박살내버리는 부작용도 있었다.

손이 많이 가는 방법부터 앉은 자리에서 뚝딱 끝내는 방법까지 여러 가지를 시도해보았다. 결국 오래 지속하기 위해 가장 중요한 부분은 '접근성'이었다. 시간이 많이 필요하지 않고, 혼자서도 할 수 있고, 어디서나 할 수 있고, 특별한 준비물이 필요하지 않는 일.

그중 가장 괜찮던 방법은 하루 세 타임의 루틴으로 ‘마음 정돈하기’였다.

내게는 하루 세 번, 세 개의 루틴이 있다.

첫 번째, 아침에 일어나자마자 명상하기

명상은 언뜻 보면 쉬워 보이지만 가만히 앉아있으면 몇 초 지나지 않아 딴 생각을 하거나 잠이 오고는 해 적응하는 데 한참 걸린다. 처음 ‘명상하는 법’을 검색했다가 어찌나 종류가 많고 다양한지 내가 하는 게 명상이 맞나 의심이 들 정도였다.

잘하려고 애쓰다가 제대로 해보기도 전에 그만둔 경험이 많으니 우선 내 마음대로 하기로 결심했다. 처음 시작한 명상은 ‘심호흡에 집중하기’였다.

허리를 펴고 바르게 앉아 숨을 들이쉬고 내쉬는 데 집중하다보면 머릿속에 안개처럼 퍼져있던 생각이 차분히 가라앉았다. 구름이 걷히듯 머리가 또렷해지는 기분이었다.

마음의 먼지를 닦는데 왜 머리를 맑게 하냐고? 안개 낀 상태에서는 근거가 명확하지 않은 생각들에 사로잡히고, 생각은 강력한 힘을 가져 때때로 내 감정을 착각하거나 느낌을 사실이라고 믿게 하기 때문이다. 그리고 그것이 지속될 것이라 겁먹는다. 그러니 내 마음이 향하는 곳을 또렷이 들여다볼 수 있도록 머릿속을 맑게 비운다.

두 번째, 점심시간 기도하기

크리스천인 나는 기도하기에 나름 익숙했는데 나이가 들수록 어려워졌다. '오늘도 무탈하게 해주세요' '안 피곤하게 해주세요' 하고 주문처럼 기도하는 것 말고, 소원 팔이 하듯 기도하는 것 말고 무엇을 기도해야 하지?

기도는 어떻게 하는 걸까. 처음엔 기도할 거리를 찾았다. 지구 반대편에서 일어나는 사건이라든지, 이미 녹고 있는 빙하나 거리의 고양이에 대해서까지 구구절절 꺼내놓다가 점점 내 이야기를 하기 시작했다.

이런 일이 있었어요. 이런 마음이 들었어요. 제 마음이 너무 작아요.

한때는 화가 나 있는 기도가 대부분이었다. '아니, 걔가 그랬다니까요? 가만히 내버려두지 말고 어떻게 해주세요!' 하고 따진 적도 많았지만, 갈수록 내 생각과 감정을 차분히 꺼내 놓는 일에 익숙해지기 시작했다.

기도하다보면 신기하게도 마음이 조금씩 나아졌다. 누가 내 마음을 토닥여주는 것처럼.

세 번째, 저녁에 일기 쓰기

일기 쓰기는 감정의 잔해나 명확히 알 수 없는 불순물을 꺼내는 작업이었다. 불릿 저널에 들어가는 하루 시간표나 투두리스트 쓰기 말고, 생각과 마음을 적는 저널링 시간.

기록하다보면 내 마음이 보였다. 두루뭉술하게 존재했던 내 감정의 진짜 이름을 발견했다. 어느 날은 가슴이 쿵쿵 뛰는 게 긴장해서인 줄 알았는데 설렘이었고, 내가 좋아한다고 생각했던 게 그냥 익숙했기 때문이었다는 놀라운 사실을 깨달았다. 내가 정말 하고 싶은 말인지, 자주 들었기 때문에 하는 말인지도 고민해볼 수 있었다. 생각의 출처나 불안의 시작점을 발견하는 날도 있었다.

아침엔 명상을, 점심엔 기도를, 저녁엔 기록을 하는 루틴.

이 세 가지 루틴 사이는 길어봐야 대여섯 시간이라 마음이 갑갑하고 화가 나도 한나절을 넘기지 않을 수 있었다. 마음 안으로 들어온 게 무엇이든 빠르게 소화했다.

이 루틴은 프랑스 수도원에 있을 당시 자연스럽게 얻게 되었다. 그곳엔 매일 하루 세 번의 기도 시간이 있는데, 기도 시간이 시작될 때 마을 입구에 있는 종을 울렸다. 엄청나게 커다란 종소리가 마을의 반대편 입구까지 울려 퍼지면, 모든 사람이 하나둘 중앙의 교회로 모여 각자 기도를 드렸다. 종교가 없는 친구들은 산책하거나 낮잠을 자는 등 개인 정비 시간으로 사용했다.

15분에서 30분 정도로 길지 않은 시간이었지만 그 세 번의 시간엔 모두가 잠시 멈췄다. 바쁘게 하던 일을 내려놓고, 분주하던 마음도 잠시 닫아두고.

일주일 정도 매일 멈추자 조금씩 멈춤에 익숙해졌다. 씻으러 가기 위해 옷을 챙기다가도 곧 종이 울릴 시간이 되면 잠시 기다리고, 잔디밭에 누워 책을 읽다가도 종소리가 들리면 마을의 중앙으로 향했다.

멈춘다는 건 생각보다 쉽지 않은 일이다.

프리랜서의 장점은 자유로운 시간 활용이지만 몹시 바쁜 날엔 쉬는 타임 없이 일한다. 그럴 때면 다코가 장난감 막대를 물고 책상 근처로 온다. 내가 놀아주지 않으면 깃털 장난감을 하나 더 물고 온다(가끔은 강아지 같다). 당장 다코와 놀아주고 싶은 마음과 다르게 대부분은 "잠시만 기다려, 이것만 끝내고!" 한다.

일하는 시간이니까 어쩔 수 없을까? 그럼 일하는 시간이 아니면? 컴퓨터 게임을 하고 있다면?

컴퓨터 게임을 하다가 밥 먹으러 나오라는 엄마의 목소리에 벌떡 일어나 나갈까? 아니다. 보통 엄마의 목소리 데시벨이 평소보다 두 칸 정도 올랐을 때 서둘러 방문을 열고 나간다.

책을 읽다가는? 잠을 자다가는? 휴대폰을 하다가는? 친구를 만나러 가다가는? 모든 상황엔 멈출 수 없는 이유가 있고, 하던 것을 도중에 멈추는 건 상당히 어려운 일이다. 멈춤에는 연습이 필요하다.

눈을 뜨자마자 잠시 멈춰 명상하고, 맑아진 머리로 오전을 보낸다. 그 후 마주치는 것이 무엇이든 점심 기도 시간에 덜어낸다(항상 덜어지진 않는다). 기쁨이든 슬픔이든 부담이든 원망이든 한번 꺼내보고, 온유한 마음과 문별할 수 있는 지혜를 구하고, 무게가 덜어진 오후를 보낸다. 저녁이 되면 하루를 기록하며 나를 돌아본다. 다 쓴 부품을 확인하듯 점검한다기보단 어떤 상태인지 가만히 들여다본다.

하루 세 번 멈춤으로써 덜어낼 수 있는 것들을 최대한 덜어내고, 좋지 않은 감정을 내일로 넘기지 않으려 노력한다.

늘 마음처럼 되는 것은 아니다. 그렇지만 자주 내 마음을 꺼내 먼지가 쌓이지 않도록 살핀다. 이미 먼지가 내려앉았다면 뽀득뽀득 닦아준다.

그러면 가끔 넘어지더라도 와르르 무너진 게 아니라 잠깐 돌부리에 걸린 정도로 넘길 수 있지 않을까? 금방 툭툭 털고 일어나 마음이 향하는 곳을 볼 수 있지 않을까?

마음의 먼지를 닦아주어야 내 마음이 어디를 향하는지 보인다. 어쩌면 이 작은 마음이 자신을 모른 척 살지 말라고 신호를 보내는 것일지도 모른다.

나를 건지는 삶

작은 방어막

　머리로 알고 있는 것을 삶으로 풀어내기는 정말이지 너무도 어려운 일이다. 좋은 성적을 받으려면 공부해야 한다는 사실을 알아도 막상 공부하는 건 어려운 것처럼. 카페인 과다 섭취란 걸 알아도 작업 중 눈 밑이 퀭 해질 때면 한 잔 가득 담긴 커피를 벌컥벌컥 들이키는 것처럼.

　언젠가 아빠는 그 무엇보다 일찍 자고 일찍 일어나는 게 중요하다며, 자고 일어나는 것조차 컨트롤하지 못하면서 대단한 계획을 이루겠다는 목표가 얼마나 모순적인지 말해주었다.

　그렇다. 가끔은 의지를 탓하고 주변 환경 핑계를 대지만, 마음속으로는 생각과 행동이 다른 내 모습을 알고 있다. 하지만 매일매일 잘 살아보겠다고 다짐해도 작은 약속은 쉽게 무르고, 사소한 것들에 흔들리곤 한다. 이를테면 날씨나 기분이나 연달아 걸리는 신호등 같은 것들에.

아침 컨디션이 하루를 좌우하기도 한다. 눈을 뜨자마자 피곤함을 느끼면 오전 내내 집중하지 못하고, 아침 식사로 만든 계란프라이가 완벽한 모양이라면 괜히 불어오는 바람도 기분이 좋다. 아주 작은 무언가가 내 마음의 조종간을 잡아버리고, 조종간을 놓친 정신은 때때로 모든 것을 다 버리고 싶어진다. 나 자신까지도.

보통 문제는 작은 무언가에서 시작된다. 불현듯 찾아오는 아주 일상적이고 사소한 것으로부터.

휴대폰을 보고 걷다가 빗물이 만든 웅덩이에 발이 빠지거나, 밤새 충전기의 접촉 불량으로 출근길 휴대폰 배터리가 5퍼센트 남짓이거나, 가뜩이나 늦잠을 잔 날 버스가 모든 신호에 걸리거나.

엄청난 불행까지는 아닌데 미간을 구기게 되는 상황 말이다. 그때의 감정은 대체로 스쳐 지나가기보다 누적되기 때문에 한번 짜증이 내 안에 자리를 잡으면 순식간에 몸집을 불려 간다. 순간의 자괴감이, 갑작스럽게 침투한 불안이 쌓이고 쌓여 내 마음을 잠식한다.

그럴 땐 어떻게 해야 할까? 내 노력으로 바꿀 수 없는, 사고처럼 일어나는 일들로부터 어떻게 나를 지킬 수 있을까?

인터넷 어디선가 읽었던 방법도 써보고, 누군가 터득한 생활의 지혜도 따라해보았다. 몇 번의 시도 끝에 발견한 나만의 방법은 '똑같이 작은 것으로 작은 것을 예방하기'였다. 별거 아닌 듯 보이지만 나를 웃음 짓게 하고, 한 발 내딛게 하는 것으로. 이 역시 누적될 테니 쌓이고 쌓이다 어느 순간 단단한 방어막이 되어주리란 믿음으로.

나를 웃게 하는 작은 무언가가 불안에 잠긴 나를 건져주

는 동아줄이 될지 모른다. 작게만 느껴진 내가 나를 건지고,

내 작은 마음이 다 커버린 나를 구해주는 날들이 있으니까.

보통 문제는 작은 무언가에서 시작된다.
불현듯 찾아오는 아주 일상적이고 사소한 것으로부터.

휴대폰을 보고 걷다가 빗물이 만든 웅덩이에 발이 빠지거나,
밤새 충전기의 접촉 불량으로 출근길 휴대폰 배터리가 5퍼센트 남짓이거나,
가뜩이나 늦잠을 잔 날 버스가 모든 신호에 걸리거나.

Caution

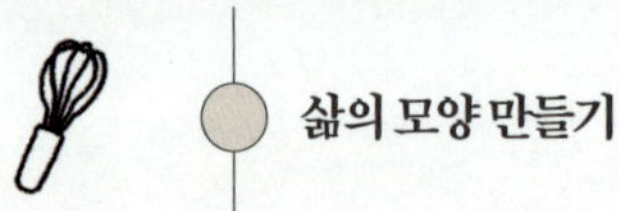

삶의 모양 만들기

보통 가정집에서는 쌀, 소금, 휴지 같은 생필품을 보기 쉽지만 우리 집은 특이하게도 공예 재료들이 많다. 지점토, 종이, 물감, 원단 같은 것들. 그중 가장 많이 쓰는 것은 지점토다.

일을 마치고 귀가한 어느 저녁이나 모처럼 쉴 수 있는 토요일 오전, 따사로운 햇살 아래 지점토를 꺼낸다. 동그라미, 세모, 네모, 별, 하트, 물방울. 모양을 잡고 신문지 위에 가지런히 올린다. 너무 세게 누르면 손가락 자국이 나고 물이 과하면 흐느적거리니 적당히 살살 만져준다. 손가락 두 마디 정도 되는 사이즈로 한다면 지점토 하나로 오십 개 정도의 덩어리를 만들 수 있다.

대충 모양을 잡은 점토 위에 9자 나사를 꽂고, 다코가 호기심에 발로 누를지 모르니 베란다 구석탱이에 올려두어야 문제없이 마른다. 이튿날 단단하게 굳은 지점토의 가장자리를 사포로 다듬어준 다음 아크릴 마커로 그림을 그려 넣는다.

하트, 별, 나무, 꽃, 수박, 강아지....

오십 개를 다 그리려면 넉넉히 세 시간은 잡아야 한다. 다 마른 그림 위를 레진이나 투명한 젤 네일로 코팅해주면 조약돌처럼 맨들거리는 펜던트가 완성된다. 위로 삐쭉 튀어나온 나사에 체인을 걸면 목걸이, 스트랩을 걸면 키링이 된다.

손가락을 바지런히 움직이면 머릿속이 차분해진다. 생각이든 마음이든 진정시키기에 가장 좋은 방법은 손을 꼼지락거리는 게 아닐까. 빨리 완성하고 싶지만 지점토가 마르기까지 하루를 기다리고, 코팅이 다 마를 때까지 하루를 더 기다려야 하니 상당한 인내심이 필요하다.

또 뭐가 있을까.

걸을 때마다 칙칙, 짤그락짤그락, 딱딱거리는 소리.

사과 머리를 한 꼬마의 불 들어오는 신발에서 나는 소리가 아니라 내 가방에서 나는 소리다. 키링을 한 개도 두 개도 아니고 여섯 개씩 달고 다니는 내 가방에선 항상 이런 소리가 난다. 가방에 든 건 카드지갑과 이어폰, 립스틱이 전부인데, 배보다 배꼽이 더 커 밖에 주렁주렁 달려있는 키링이 더 무겁다.

프랑스 파리 오랑주리 미술관에서 사 온 고흐의 그림 키링, 필리핀 보홀에서 사 온 거북이 인형 키링, 다코를 닮아 구매한 고양이 키링과 금방 꺼내쓸 수 있는 치실이 들어있는 이빨 모양 키링. 오븐에 구우면 작고 단단한 플라스틱이 되는 슈링클스 종이에 직접 그림을 그린 키링도 달려 있다. 접착제로 뚜껑에 솔트레지를 붙여 키링으로 만든 바셀린은 외출할 때마다 유용하게 사용한다.

바셀린처럼 원래 키링이 아닌 물건들을 키링으로 만드는 과정을 나는 '키링화' 한다고 말한다. 다 쓴 플라스틱 통에 군번줄을 달아 키링 수납함으로 변신시키거나 립밤 끄트머리에 구멍을 뚫어 휴대폰 고리로 연결하는 것 모두 키링화다. 아기자기한 건 어디에 적용해도 좋고 이건 좋아하는 걸지니고 다니는 나만의 방법이다.

　귀여운 걸 마다할 사람이 누가 있을까?

　살면서 베이킹을 배워본 적이 없는데, 세상이 좋아져 완성된 색색의 쿠키 반죽을 살 수 있게 되었다. 가끔 풀무원 토이 쿠키 반죽을 구매해 알록달록한 색의 쿠키를 만든다. 고양이, 강아지, 진저브래드, 눈사람 등등 계절에 잘 맞는 쿠키 모양으로.

　쿠키 틀로 찍는 대신 깨끗이 씻은 손으로 직접 모양을 잡아본다. 너무 만지작거리면 수분이 날아가 갈라지니 적당히 주물러 모양을 잡아야 한다. 띵! 오븐의 타이머 종료 소리에 문을 열어보면 아기자기한 나만의 쿠키가 완성되어 있다.

　아래층 주인집에 쿠키를 가져다드리면 아주머니께선 보답으로 냉장고를 뒤적여 김장 김치며 나물 무침을 꺼내주시곤 한다. 그러면 그날 저녁은 반찬 걱정도 없고, 뿌듯함인지 설렘인지 모를 기분 좋은 상태로 하루를 마감한다.

　이 모두가 즐거움을 누적시키는 방법이다. 작은 일을 작은 일로 바꿔주기는 바로 이런 것이다. 돈을 내면 살 수 있는 걸 굳이 만들어보고, 쓸데없어 보여도 좋아하는 걸 구상하고, 머릿속에 있는 걸 밖으로 한번 꺼내본다.

나 혼자 보는 일기장에 귀여운 그림 그려 넣기나 직접 달력을 그려 벽에 붙이기처럼, 조금은 귀찮은 과정을 거쳐 일상에 작은 즐거움을 더한다. 아주아주 소소한 무언가로.

누군가에게는 나의 지점토가 독서일 수도, 나의 쿠키가 노래일 수도 있다. 혹은 만화책이거나 산책이거나 대화일지도 모른다.

한때는 내가 너무 사소한 것들을 소중히 여기는 걸까 고민했다. 삶의 무게를 감당하기에는 너무나 작고 연약한 걸 품고 가는 게 아닐까.

그럼에도 결국 내 삶을 이루는 건 거대한 사건이나 역경이 아니라 사소하고 작은 무엇으로 이루어진 일상이다. 내가 좋아한 아주 작은 것들, 별 볼일 없어 보인 것들이 언젠가 수렁에 빠진 나를 건져주기 때문이다. 그러니 이렇게 무언가를 만드는 활동은 결국 내 삶의 모양을 만드는 일이다.

절기가 바뀌면 다음 계절을 기다린다. 입추는 여름이 지나고 가을에 접어들었다는 소식을 알리는 절후고, 입동은 겨

울이 시작됨을 알리는 절후다. 하지만 입추가 되었다고 해

서 하루아침에 낙엽이 떨어지지 않는다. 가을로 향하는 문

턱을 막 넘어갔을 뿐이다.

　내 삶의 모양도 그렇다. 작은 것들이 쌓여 나를 웃음 짓게

해도 하루아침에 기적 같은 변화가 찾아오지는 않는다.

　하지만 틀림없이 변하고 있다. 오늘의 나는 어제의 나와

크게 다르지 않아 보이고 제자리에서 한 걸음도 나아 가지

못한 것처럼 느낄지라도. 분명 어딘가로 향하는 문을 열고,

그곳에 발을 내딛고, 걷고 걷다가 가을에 도달하듯 행복에

도착해 있을 것이다.

정성껏 다림질하는 삶

지난해부터 재봉을 배우기 시작했다. 재봉을 제대로 배우는 건 처음이라 설레는 마음으로 찾아간 매장엔 딱 봐도 고수의 티가 나는 수강생이 두 명 앉아 있었다. 길쭉한 테이블 위에 재봉틀이 여섯 개. 벽에는 재봉질로 만든 가방부터 아기 옷이며 작은 소품들이 대롱대롱 매달려 있었다.

신기한 기계와 재료를 만져보며 재봉틀에 실 넣는 법, 일자로 재봉하는 법, 되돌아 박기, 휘갑치기 등 재봉틀의 기본기를 배웠다.

처음 연습할 땐 가장 낮은 단계의 속도로 아기가 걸음마 떼듯 천천히 실을 박았다. 옆 사람의 재봉틀 소리가 '탁탁탁탁'이라면, 나는 '탁—탁—탁—탁'이랄까. 발판을 살짝 누르면 실이 촘촘히 박히는 게 신기했다.

재봉틀을 처음 배운 건 아니었다. 고등학생 때 발을 앞뒤로 굴려 박는 재봉틀을 배운 적 있었다. 한창 학교에서 직업 체험 수업을 들을 때, 옷을 만들어보고 싶어 엄마 아는 분이 하시는 센터에 찾아갔었다. 공장처럼 쭉 깔려있는 재봉틀 책상 가장 끝자리에 앉아 정말 실 박는 방법만 배워 옷 다운 옷을 만들 수는 없었는데, 어째서인지 다 만들고 나면 실 박은 부분이 점점 벌어지다 풀려버렸다.

그 이유를 수년이 지난 지금에서야 알게 되었다. 되돌아 박기를 하지 않은 실은 잡아당기면 풀려버리기 때문에 실을 박을 때 시작과 끝은 늘 되돌아 박기를 해야 한다는 사실을.

당시 제대로 배우지 않고 내 마음대로 만들었던 티셔츠는 모양만 옷이었다. 팔을 들거나 허리를 움직이면 미라처럼 몸을 옥죄어 옴짝달싹 못 했다.

아무튼, 그건 아주 오래전 이야기다. 처음 써보는 전자 재봉틀은 발판을 밟기만 하면 실이 박히고, 버튼 하나로 되돌아 박기를 하거나 자동으로 실이 잘리는 기능까지 탑재되어 있었다. 이 기계만 있으면 뭐든 만들 수 있을 것 같았다.

몇 달간 매일 같이 재봉틀을 굴린 덕일까, 상당히 많은 소품을 만들 수 있게 되었다. 손바닥만 한 파우치부터 시작해 북커버, 에어팟 케이스, 보조배터리 파우치까지. 가방에 넣고 다니는 모든 것의 사이즈를 재 옷을 입혀줄 기세였다.

가방을 처음 만든 날엔 꽤나 가방다운 가방을 만들고는 신이 나서 수십 장의 사진을 찍었다. 좋아하는 땡땡이 원단에 잘 어울리는 색의 안감을 고르고, 엉성하지만 작은 앞주머니를 달아준 가방. 완성까지 세 시간이 걸렸는데 사실 만드는 것보다 잘못 재봉한 실을 푸는 데 더 많은 시간을 썼다.

도안을 보고 하면 좀 더 쉬웠겠지만 나는 직접 고민해보고 실수했다가 고치는 시행착오를 겪으며 더 빨리 익히는 편이었다. 누군가는 미련하다고 할지 몰라도 이건 그냥 나다운 방법이었다.

잘못 재봉한 부분을 푸를 땐 조심해야 한다. 손으로 양쪽을 잡고 원단이 상하지 않도록 살살 벌려가며 바늘이 지난 자리마다 연결되어있는 실을 뜯어냈다. 너무 힘을 주었다간 바늘구멍이 난 원단이 찢어지거나 늘어나게 될 수도 있어 인내심을 갖고 적당한 힘으로 풀어가야 했다.

분명 알고 있으면서 정작 상처 나지 않게 조심히 다루어야 하는 내 마음에는 그렇게 하지 않았다. 지친 마음을 달래

기는커녕 힘주어 뜯어내버리고, 마음에 들지 않은 결과는 없는 취급했다. 빨리 해결하고 싶어 흔적이 남든 말든 신경 쓰지 않고 서둘러 처리해버린 날들이 흉터처럼 남았다.

마구잡이로 해결한 것들은 정말 해결되지 않았다. 구멍 난 지붕에 테이프를 대충 붙여 막듯 언제 다시 부서질지 모르는 보수 작업이었으니까. 그래서 힘든 날 드러누운 내 위로 소나기 같은 슬픔이 쏟아져도 무력하게 맞아버리곤 했다.

재봉을 시작하고 가장 좋은 점은 내가 원하는 모양으로 가방을 만드는 것도, 재봉 실력이 느는 것도 아니었다.

웃기게도 실을 박고 천을 뒤집고 모양을 잡으면서 나를 생각하게 되었다. 이미 익숙해진 것들에는 비춰볼 틈이 없던 내 삶을 들여다보는 시간이었다. 울퉁불퉁해진 삶의 모양을 다시 다림질하는 기분. 사실 내 삶은 가방과 비교도 할 수 없는 것인데.

그런데 내 삶을 재봉틀 위 가방보다 소중히 다루지 않았
다. 바쁘다는 핑계로 나를 챙기는 일에 소홀했다. 남들에게
보이지 않는다는 이유로 내가 가장 많이 들여다보는 곳을
대충 처리해버리고 말았다.

인스타그램을 통해 팔로워들에게 보이는 삶은 늘 그럴듯
했다. 모든 것이 잘 정돈된 것처럼 한 장면을 캡처할 수 있
지만 내가 살고 있지 않은 삶을 사는 척할 때는 내 안에 커
다란 공허가 생겼다. 무엇이든 쉽게 침투하고 마는.

자신을 향한 자책, 나보다 더 나은 삶을 사는 것 같은 누
군가를 향한 질투, 나를 몰아붙이는 상황에 대한 원망이 쉽
게 그 틈새를 비집고 들어와 자리 잡았다.

그때마다 나를 챙기는 일에 소홀해지고, 집에서부터 티가
났다. 서류 더미, 책, 화장품과 잡동사니가 제자리를 잃었다.
커피 자국이 남은 컵, 립스틱이 묻은 컵, 밑에 깔린 종이에

동그란 흔적을 남긴 컵. 매일 쓴 온갖 컵을 대충 책상에 올려놓으니 책상을 쓸 수가 없었다.

그러다 집에 손님이라도 오는 상황엔 서둘러 바닥을 쓸고 닦으며 멀끔한 척을 했다.

대충 마련한 임시방편을 반복하면 그게 나의 시스템으로 자리 잡는다. 다급한 순간에 어쩌다 채택한 방법이 아니라 잘못된 기본값이 되어버린다. 실을 잘못 박아 팔을 끼워 넣을 수 없는 티셔츠만 몇 장이고 만드는 셈이다. 그것도 아주 열심히, 내가 뭘 잘못하고 있는지 모른 채로.

더 이상 그러지 않기로 했다. 어차피 오늘 다 치우지 못한 나는 이유로 미루고 여유가 생기길 기다리는 대신 아주 조금 씩 치워보기로 했다. 쓰레기만 봉투에 담거나 쌓여있는 컵만 싱크대로 옮기자고. 화장품만 선반에 정리해보자고. 아직도 현관에 놓여있는 택배 박스만 뜯어서 확인하자고.

노래 한 곡을 들을 동안만 치우겠다고 일어서면 어느새 두 번째 곡이 재생되고 있었다. 친구와의 통화가 끝날 때까지만 치우기도 했다.

아주 조금씩, 살살 나를 다뤘다.

그럴듯한 결과를 보며 빠른 성장을 원하는 세상에서 내 속도로 걷는 것이 얼마나 중요한지 잊고 숨차게 달릴 때가 있었다. 어디가 잘못되었는지 돌아보는 대신 다음 스텝으로 넘어갈 수 있는 효과적인 방법을 찾으려 애썼다. 주위를 둘러보면 어디 출신의 누가 썼는지가 대문짝만하게 붙어있는 책들이 자꾸만 뭔가를 하라고 말하고, 그걸 읽는 나는 또다시 조급해졌다.

하지만 빠르게 하고 그럴듯해 보이면 뭐하나. 아무리 많이 만들어도 몸을 끼워 넣을 수 없는 티셔츠는 옷이 아닌데.

그럴듯한 생김새보다 투박하더라도 단단한 삶이 좋다. 잘

못 꿰맨 부분은 살살 풀어 다시 만들고, 잘 보이지 않는다고 대충 마무리하고 싶지 않다. 알뜰하게 효율성을 따지기보다 조금 헤매도 자책하고 싶지 않다. 생산성을 높이기보다 내 속도를 유지하고 싶다.

재봉틀을 굴릴 때마다 생각한다. 중요한 건 빠르게 끝내는 게 아니라 정성을 다하는 거라고. 탁—탁—탁—탁 하는 속도도 괜찮으니 천천히 삶을 박음질해주자고. 가끔은 눈물에 젖어 쭈글쭈글해지는 삶을 다림질하고, 잘못 박아버린 관계를 찬찬히 풀어주자고. 어렵겠지만, 그렇게 정성껏 스스로를 대해주면 좋겠다.

어설픈 나만의 속도로

　한국에 들어올 때마다 놀라는 두 가지가 있었다. 하나는 클릭 한 번에 곧바로 로딩되는 인터넷 창이고, 다른 하나는 그새 신기한 것들이 늘어나있는 도시였다.

　언젠가 한국에 들어왔을 땐 지하철에 터치가 되는 안내판이 생겼고, 스크린 옆엔 무려 공짜로 이용하는 무선 충전기가 있었다. 교통 앱에 버스 내부의 혼잡도가 표시되는 걸 보며 깜짝 놀라기도 했다.

　식당에 직접 가서 줄을 서지 않아도 원격 웨이팅을 할 수 있는 앱이나, 전화로 주문하지 않아도 24시간 음식 배달 주문이 가능한 앱은 말할 것도 없었다.

　모든 게 너무나도 빠르고 편리해졌다. 그뿐일까, 손가락을 몇 번 움직여 차단 버튼을 누르면 누군가와의 관계를 끊어버리는 일도 가능했다. 너무나도 편리한 나머지 내 라이프스타일이 어떻게 바뀌고 있는지 눈치채지 못했다.

머리로 알고 있는 사실이 새삼스럽게 체감되는 때가 있다. 오랜만에 모인 친구들과 늦은 시간까지 놀다 집에 돌아왔는데 속이 더부룩하고 몸이 몹시 피로했다. 피곤해서 그런가 싶어 한숨 자고 일어났지만 아침이 되어도 몸이 무겁게 느껴졌다.

매일 기록하는 다이어리에서 이유를 찾을 수 있을까, 일기장을 꺼내보았지만 특별히 다른 점은 없었다. 평소와 다름없는 하루였고, 심지어 모처럼 재미까지 있었다.

무심코 들어간 휴대폰 앨범에서 그 답을 찾았다. 두 번째 일기장이라고 할 만큼 일상이 빼곡히 저장되어있는 앨범에 그간의 식사 사진들이 담겨 있었다. 자극적이고 맛있고 배부른 음식들. 최근 들어 바쁘다는 핑계로 해먹기보다 간편하게 주문해 먹었다.

이제는 동네 반찬 가게마저 배달이 되는 데다 1인 가구는 상하기 전 식재료를 처리하는 데 상당한 에너지가 필요하니, 그럴 바엔 간단한 한 끼 식사를 사 먹는 게 이득이란 생각이었다. 있은 자리에서 주문을 마시고, 집 앞에 도착한 음식을 먹고 나면 금세 피곤해졌다.

'혈당 스파이크 피하는 법'이 검색 기록에 남아있고, 마트 앱 장바구니가 한가득 차있는 나의 하루. 무언가 변화가 필요했지만 어떻게 해야 할지 고민하던 차에 생활용품 할인점에서 운명처럼 식판을 보았다. 초등학교에서 쓰던 것과 똑같은 급식판. 윗줄은 반찬용으로 세 칸, 아랫줄은 국과 밥을 담을 수 있도록 두 칸으로 나뉘어져 있었다.

산책의 수확으로 육천 원짜리 식판을 사 들고 집에 돌아왔다. 앞으로 식사를 배달시키거나 사 먹는 대신 한번 만들어 먹어보겠다고 다짐하며. 집에 멀쩡히 그릇이 있지만 식판에 먹으면 어쩐지 더 쉬울 것 같았다. 더도 말고 덜도 말고, 식판 위 다섯 칸을 채워 먹는 것을 목표로 잡았다.

햇반을 돌리는 대신 밥솥에 밥을 짓고, 난생처음 깍두기를 사보았다. 봉지째 두고 먹다가 며칠이 지나고서야 락앤락에 옮겨 담아야겠다는 생각이 들었다(엄마는 그렇게 했던 것 같다). 할 줄 아는 요리가 계란으로 만든 음식뿐이라 초반 며칠은 계란말이, 계란찜, 계란프라이의 반복이었다. 변주를 주고 싶을 땐 계란말이에 맛살을 넣고, 햄을 넣고, 치즈를 넣었더니 식사가 조금씩 재미있어졌다.

식사를 직접 준비하기 시작하자 잘 시간이 되면 다음 날 무엇을 해먹을지 고민하게 되었다. 평소보다 한 시간 일찍 일어나 야채도 손질했다. 요리엔 전혀 관심도 없던 내가 말이다.

요리라고 생각하면 어려우니까, 나는 지금 '식판 디자인'을 한다고 생각했다. 그냥 밥을 해먹는 게 아니라 식판 아티스트가 되는 거라고. 제대로 요리해본 적이 없어 냉동식품 지분율이 높았지만, 단순 조리라고 해도 사 먹는 것과는 달랐다.

몇 주 지나지 않아 음식 만드는 속도가 조금씩 빨라졌다. 프라이팬 하나로 한번에 여러 가지 요리를 하는 법이나 효율적인 요리 순서를 터득하게 되었다. 유튜브 알고리즘은 온통 도시락을 싸고 식사 준비하는 영상들로 바뀌었다. 간을 잘 맞추지 못해 맛이 딱히 느껴지지 않았지만 그 자체도 나쁘지 않았다. 일부러 싱겁게 먹기도 하는데, 뭐 어때.

이때부터 점점 여유가 생겨 식판을 예쁘게 꾸미기 시작했다. 김이나 케첩으로 얼굴 모양을 만들어 붙이는 취미가 생겼다.

맛은 조금 없지만 재미있고, 살짝 싱겁지만 애정이 들어간 식사였다. 무엇을 만들지 고민하고, 식자재를 고르고, 손질하고, 애써 요리한 음식을 먹고, 치우고. 플라스틱 용기를 겹쳐 버리는 대신 식판을 닦고 싱크대를 정리하는 것까지가 모두 식사의 과정이었다.

어제 주문한 물건이 오늘 도착하고, 다음 날 먹고 싶은 과일은 그날 새벽이면 받아볼 수 있는 세상. 이 편리함이 즐겁지는 않았다. 세상이 빨라지는 만큼 내 삶도 같이 빨라지기 때문에.

택배만 빨라질까? 어떤 빠름을 경험하고 익숙해지면 다른 영역에서도 빠름을 찾게 되지 않을까? 로켓처럼 배송되는 택배, 홀로 움푹 패여있는 엘리베이터 닫힘 버튼, 숨 돌릴 새 없이 바쁘게 굴러가는 나의 일상이 사실은 다 연결되어 있다고 느껴졌다.

사람은 의도하지 않아도 자주 노출되는 환경에 익숙해져 그 가치와 의미에 대한 인식이 희미해진다. 배운 대로 살 것 같지만 인간은 본 대로 살기 때문이다.

편리한 건 좋지만, 때로는 편리함이 나를 망가트린다. 가끔은 세상의 속도에서 벗어나 굳이 먼 길로 돌아가야 할 필요를 느낀다. 빠르지 않지만 건강한 방법으로, 세련되지 않지만 진솔한 방법으로. 덩달아 빨라지지 않기 위해, 어설프지만 내 속도를 지키기 위해.

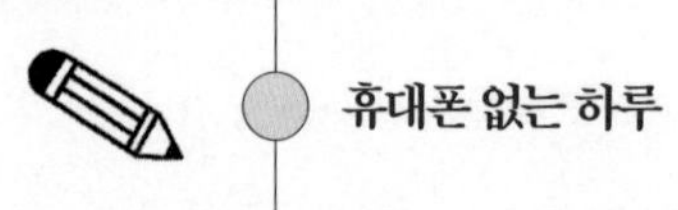

휴대폰 없는 하루

한번 외출할 땐 타임 테이블이 늘 가득 차 있다. 나간 김에 해야 할 것, 사야 할 것, 가야 할 곳을 한 방에 해결하려고. 별 계획 없이 밖을 나가도 가고 싶거나 들러야 하는 장소가 추가되었다. 지금 생각해보면 사이사이 남는 자투리 시간을 어떻게든 활용하고 싶어서 그랬던 게 아니었을까 싶다.

이동 중에는 꼭 무언가를 했다. 유튜브 보기와 연락하기는 물론이고 빠른 환승 구간 찾기, 식사 후에 갈 카페 찾기, 돌아오는 길의 날씨 확인, 약속 장소 근처에 있는 드럭 스토어 검색, 사야 할 것 목록이 적힌 메모장 보기 등등.

버스, 지하철, 그리고 일반 지도 앱을 전부 켜놓고는 지하철역 출구와 다음에 갈아탈 버스의 배차 간격을 살피기도 했다.

외출한 순간부터 이뤄지는 모든 행동의 중심에는 휴대폰이 있었다. 전부 휴대폰 없이는 불가능한 것들이었으니까.

목표를 정하고 한 달간 성공하면 스스로에게 보상을 주는 '먼슬리 챌린지'에서 한번은 '정해진 시간에만 휴대폰 쓰기'를 골랐다(처음엔 멋모르고 '10시 전 취침' 같은 초고난도의 목표를 설정하고 이틀 만에 실패했다). 정해둔 시간이 아닐 때에는 휴대폰을 들여다보지 않기로 했다. 휴대폰 쓰는 시간이 아닐 때 외출을 하면 버스 오는 시간이나 지하철 빠른 환승 구간도 찾지 않고 이동해야 했다.

생각해보면 어릴 땐 늘 그랬다. 친구와 만날 때도 '학교 정문에서 만나' '저녁 먹고 놀이터에서 보자' 하고 약속을 정했으니까. 친구가 늦어지면 그 앞에서 하염없이 기다렸다. 사람들을 구경하고, 열린 문으로 보이는 식당 안쪽의 시계를 흘끔거리면서.

지하철 오는 시간은 확인하지 않아도 음악은 듣고 싶어 오래전 사용하던 아이폰을 들고 다니기 시작했다. 열네 살 때 처음 썼던 휴대폰이라 이제는 웹 페이지도 열리지 않는 구형이었다. 음악 플레이어 외에는 작동하지 않는 데다 직접 넣어둔 음원 파일만 재생할 수 있어 그야말로 MP3인데, 이걸로는 하고 싶어도 딴짓을 할 수가 없었다. 강제 디지털 디톡스였다.

네모난 화면을 보지 않으니 길을 걸으며 바람에 이리저리 흔들리는 나무를 구경하고, 지나가는 사람들의 이야기를 들었다. 다들 검은 옷을 좋아하는구나, 비 예보가 없었는데 왜 우산을 들고 있지, 저 강아지는 이름이 호두구나.

여러 시덥잖은 생각을 했다. 마치 어린 시절처럼.

경의 중앙선을 놓친 어느 최악의 여름날이었다. 경의 중앙선은 극악무도한 배차 간격을 자랑해 한번 놓치면 꼬박 15분을 그 자리에서 기다려야 했다. 게다가 내가 타는 역은 에어컨 없이 야외로 나 있었다. 계단을 마구 달려 내려갔지만 이미 닫혀버린 문 앞에 좌절했을 때 휴대폰을 꺼낼까 잠시 고민했다.

15분 동안 아무것도 하지 않는 건 시간 낭비잖아. 차라리 팟캐스트라도 들으면 좀 생산적인 시간을 보낼 수 있지 않을까. 유튜브는 안 볼 테니 예전에 찍었던 사진들 구경이나 할까.

고민 끝에 휴대폰은 꺼내지 않았다. 대신 가방에 넣어두었던 다이어리를 펼치고 둥근 기둥에 기대 그림을 그리기 시작했다. 건너편 역사에 서있는 학생, 계단을 내려오는 남자, 구르마를 끌고 오는 할머니. 내 옆에 있는 줄도 몰랐던 사람들. 하루에도 수십 명 스쳐 지나가는 이들을 나는 제대로 본 적이 있었나.

하루는 집으로 돌아가는 길 언덕에서 무언가 시야에 들어와 나도 모르게 발걸음을 우뚝 멈췄다. 느린 걸음으로 언덕을 오르는 할아버지 한 분이 계셨다. 허리가 굽은 할아버지의 오른손엔 지팡이가, 왼손엔 묵직한 비닐봉지가 들려 있었다. 봉지 안엔 과일이 들었는지 둥근 모양 몇 개가 비닐을 팽팽하게 당기고 울룩불룩한 형태를 드러냈다.

"할아버지, 어디까지 올라가세요? 제가 좀 들어드릴까요?"

"아이구, 괜찮아요."

"짐 주세요. 저도 저기 위에 살아요."

"이거 무거운데… 그럼 고마워요."

할아버지의 말처럼 비닐봉지는 꽤나 무거웠고, 내용물은 사과인 듯했다. 저 아래 시장에서 사 오셨다면 올라오는 길이 멀었을 텐데, 여기까지 얼마나 걸리셨을까.

반 발짝 옮기고 또 반 발짝 옮기며 천천히 걷는 할아버지는 봉지 없이도 언덕을 오르시는 데 한참 걸렸다. 나는 할아버지와 속도를 맞춰 걸으며 시시콜콜한 이야기를 건넸다.

"날씨가 더워졌어요."

"그러게 말야, 지난주까지만 해도 휑하더니 파릇파릇해졌어."

"혼자 장보시는 거예요?"

"응, 할멈은 나가는 걸 안 좋아하더라구. (나는) 바람 쐬는 거지."

"매번 오르막 오르기 힘드시죠."

"그게, 최근에 수술을 해서…."

통성명을 하지도, 첫 만남에 으레 하는 호구조사를 하지도 않았다. 살살 불어오는 바람처럼 가볍고 산뜻한 대화였다. 나는 할아버지의 이름을 모르지만 할머니가 좋아하신다는 과일이 무엇인지 알게 되었다. 수술하기 전엔 멀리까지 산책을 다니셨다는 것도, 동네 시장에 막 나온 자두가 맛있다는 것도.

평소였다면 단숨에 올랐을 언덕을 오르는 데 세 배 더 시간이 걸렸다. 아파트 입구에서 할아버지의 짐을 돌려드리며 인사를 나누었다.

"잘 가요, 아가씨. 고마워요. 모처럼 웃었네."

나도 모처럼 웃었다. 스크린 밖의 언어는 정겨웠다. 'ㅋㅋ'라고 쓰면서 막상 웃음짓지 않았던 수많은 대화가 떠올랐다. 다양한 이모티콘을 붙여 기분을 표현하지만 역시 눈을 마주 보고 하는 대화만 못 했다. 이 기분을 잊고 살았다.

네모난 화면을 보지 않으니 주위를 둘러볼 수 있었다. 평소라면 곁을 지나가는지도 몰랐을 누군가를 보았다. 같은 공간에 있어도 함께 있지 않던 요즘, 우연히 만난 누군가와 연결될 수 있는 기회를 얻었다.

　인식하지 못하는 사이 나를 대충 대할 때가 있었다. 바쁘니까 대충 끼니를 때우거나, 일이 많으니 잠을 조금 자는 건 어쩔 수 없다고 말했다. 끊임없이 휴대폰을 보는 행동에는 멀티태스킹이란 좋은 핑계도 있었다.

　이 프로젝트만 끝나면 진짜 쉴 거야, 다시 나를 챙겨야지, 잠도 많이 자고 여행도 가고 힐링도 해야지, 생각했다.

　진짜일까? 언젠가 이 이유들은 다 사라지고 정말 마음처럼 나를 대할 수 있는 날이 올까?

　정답은 '아니'다. 다음은 매표소 앞에 서있는 사람처럼 순서가 되면 주어지지 않는다. 조금 덜 바쁜 때를 기다리면 그땐 또 다른 할 일이 나타나고, 더 좋은 순간을 기다리다 서서히 마음이 식어버리고 만다. 그렇게 다음은 계속 다음으로 미뤄진다.

　나를 챙기는 일을 다음으로 미루면 그다음은 언제가 될까. 나를 대충 대하지 말자는 말은 추상적인 이야기처럼 들리지만, 사실 내가 제일 잘 안다. 내가 나를 어떻게 대하고 있는지 혹은 내가 나에게 어떻게 말하고 있는지. 모른다면 단지 들여다보지 않은 것일지도 모른다.

나를 챙기기 위한 작은 도전들은 어느 날 끝날 것이다. 다시 길을 걷다 휴대폰을 들여다보고, 밥을 차려 먹는 대신 다시 사 먹게 될 테다. 이미 끝난 도전들도 많다.

중요한 건 그 시간을 경험해보는 일이다. 그 경험은 딱딱하게 굳어진 나의 껍데기를 녹여주고, 그 껍데기 속 내 삶의 모양을 들여다볼 수 있도록 도와줄 테니까.

살펴봐야 한다. 내가 어떤 모양의 삶을 살아가고 있는지. 그 모양이 너무 날카로워 나를 찌르고 있는 것은 아닌지.

결국 내가 만드는 이야기

내 시간에 이름 붙이기

쉬는 날은 보통 둘 중 하나다. 하나는 한 주간 미뤄둔 집안 일을 해치우기 위해 아침 일찍부터 집을 쓸고 닦기. 냉장고 정리에 화장실 청소까지 마치면 하루가 끝난다. 또 하나는 침대 밖이 낭떠러지라도 되는 것처럼 온종일 침대 위에 달라붙어 있기.

이번 휴일은 후자를 선택했다. 드라마 몰아보기와 휴대폰 게임으로 하루를 탕진했다. 스도쿠, 테트리스, 평소엔 하지 않던 사천성 같은 퍼즐 게임을 플레이했다. 레벨 업 중간에 광고로 뜬 새로운 게임도 이것저것 다운받아보았다.

게임을 하다 좋아하는 미국 드라마 「크리미널 마인드」의 한 시즌을 정주행했더니 밤이 되었다. 더 이상은 눈이 아파 스크린을 볼 수 없을 때 엄마에게 전화가 왔다.

"뭐하고 있었어?"

"드라마 보고 게임하느라 아무것도 안 했어."

"아무것도 안 한 게 아니네. 드라마도 보고 게임도 했잖아."

"그게 아무것도 안 한 거지."

"그 시간에 이름을 한번 붙여봐. 드라마를 봤으니까 '문화 탐방'은 어때?"

처음엔 그게 뭐냐며 웃었지만 "미국 드라마니까 정확히는 해외 문화탐방이야"라고 정정했다.

침대에서 뒹굴거린 건 '에너지 회복 시간' 뜨개질은 '인내와 집중 수련' SNS 영상 시청은 '트랜드 콘텐츠 탐구' 퍼즐 게임은 '두뇌 활성화'. 이름을 붙이고 나니 아무것도 하지 않은 것 같던 시간이 꽤나 그럴듯해 보였다. 쓸모를 찾지 못했을 뿐이지 정말 아무것도 하지 않은 건 아니었다.

떠올려보면 있는 데도 없는 것으로 취급한 것들이 많았다. 옷장 속 수많은 옷을 보며 입을 옷이 없다고 한 기억, 상처 난 마음을 "아무것도 아니야"라며 외면한 기억.

분명 한구석에 자리 잡고 있는데, 모른 척하다보면 점점 잊히거나 혹은 진짜 없다고 생각하게 되었다. 슬픈 사실은 내가 직접 '없는 것'으로 만들어버린다는 점이다. 그동안 입버릇처럼 말했던 "아무것도 아니야"에 들어간 녀석들은 조금 억울했을지도.

어떤 쓸모를 충족하지 못하면 좋아하는 일에 쓴 시간을 무가치하다고 여겼다. 잘하지 못한 건 하지 않은 것으로 쳤다. 일상의 작고 소소한 순간을 소중히 여기겠다고 마음먹고서도 습관적으로 생산성을 따져 값을 매겼다. 그 숫자가 기준에 미치지 못하면 '아무것도 아닌' 상자에 집어넣고 쓸모 있는 시간만 세어보았다. 진짜로 쓸모 있는지 모르겠으나 누군가 쓸모 있다고 말한 시간들도 포함해서.

모두 '아무것도 아닌' 상자에 집어넣고 나면 남겨진 내 시간은 한참 모자랐다. 다들 바쁘게 살아가는데 나만 아무것도 안 한 채 시간이 흘렀다는 자책이 가슴을 콕콕 찔렀다. 취업이니 자격증이니 연애니 삶에 필요하다고 하는 것들을 채우느라 상자에 들어간 낡은 시간들은 잊혀졌다.

가끔 스스로에게 물었다. 빛바랜 그 시간의 이름을 기억하냐고.

한때는 일이 많은 게 자랑 같았다.

"요즘 일이 많아서 너무 바쁘네, 그래도 감사한 일이지."

이런 흔한 대답을 할 수 있는 게 좋았다. 때마다 내세울 무언가가 하나 정도 필요했는데 그게 일이 되니 편했다. 어떤 상황에서든 써먹기 좋은 대답이었다.

"요즘 뭐하고 지내?"

"그냥 일하지, 뭐."

"연애 안 하니?"
"일하느라 시간이 없어요."

"에셀아, 진짜 오랜만이다. 별일 없지? 다름이 아니라…"
"일이 있어 늦게 봤다 미안."

핑계로 쓰기도 좋았고 쓸모 있는 사람이 된 것 같아 좋기도 했다. 가만히 멈춰 있으면 극도로 불안해지는 사회에서 '일하고 있다'는 건 의미가 있든 없든, 돈을 얼마나 벌든 적어도 부언가를 하고 있다는 뜻이었으니까.

그러다 문득 깨달았다. 나는 쓸모 있는 사람이 아니어도 괜찮기를 바랐으면서 또다시 쓸모 있는 사람이 되고 싶구나. 그 마음을 완전히 떨치기란 어려운 일이고, 내가 방심하는 순간마다 가장 빠르게 수면 위로 떠올랐다.

쓸모를 찾는 이유는 잘 살고 싶어서다. 한 번 사는 인생, 잘 살고 싶다. 안정적인 미래를 갖고 싶고, 지금보다 나은 하루를 살고 싶고, 나에게 주어진 삶을 제대로 운영하고 싶다. 가끔은 남들보다도 더 잘 살고 싶어져서 '나만 잘되게 해주세요' 같은 밈(meme)에 웃곤 한다.

나는 정말로 잘 살고 싶었다. 그런데 '잘'의 기준이 명확하지 않으니 잘 사는 데 필요한 다양한 것들을 잊어버렸다. 좋아하는 일을 하는 것. 사랑하는 사람과 시간을 보내는 것. 새로운 환경을 경험하는 것. 여행을 떠나는 것. 타인의 문화를 배우는 것. 충분한 휴식을 취하는 것. 마음을 보살피는 것. 걷고, 쓰고, 말하고, 듣는 것. 잘 살기 위해 필요한 많은 것들에 쓸모를 따지는 실수를 저질렀다. 잘 사는 걸 종종 '잘하는 것'으로 착각하고, 잘하는 줄에 서서 한참 남은 순서를 기다렸다.

쓸모 있는 것들로 하루를 꾸리기보다 좋아하는 것들로 하루를 채우고 싶었다. 한번씩 출근하는 대신 돗자리를 들고 한강에 가는 상상을 하듯이.

정신없이 일하다 일 년에 한두 번 떠난 휴가에서 상상한 하루를 보내기보다 매일 상상한 대로 살고 싶었다. 기력이 없어 침대 위에서 삭제하는 주말 대신 좋아하는 드라마를 실컷 보는 주말을 보내고 싶었다. 언제든 이 자리를 박차고 떠나고 싶은 삶보다 오늘 내가 있는 자리를 사랑하는 삶을 살고 싶었다. 아무것도 안 했다던 시간 안에 이루어진 일들을 하며 살고 싶었다.

그렇게 보낸 시간은 아무것도 하지 않은 시간이 아니고, 무언가를 완성하기 위해 준비하는 시간도 아니다. 그냥 내가 쓴 시간이었다. 내 삶의 대부분을 차지하는.

뱅골어로는 시간이 흐른다는 말을 '쇼모이 까따'라고 한다. '쇼모이'는 시간, '까따'는 자른다는 뜻이다. 그들은 시간을 '흘러간다'고 하는 대신 '자른다'고 표현한다. 지금 이 순간도 흘러가는 시간을 우리는 흘려보내는 것이 아니라 잘라서 쓰고 있다. 내가 자른 시간은 다 어디로 갔을까. 혹시 상자에 넣어버린 건 아닐까.

내가 자른 시간에 이름을 붙여본다.

쓸모 있는 것들로 하루를 꾸리기보다
좋아하는 것들로 하루를 채우고 싶었다.

한번씩 출근하는 대신 돗자리를 들고
한강에 가는 상상을 하듯이.

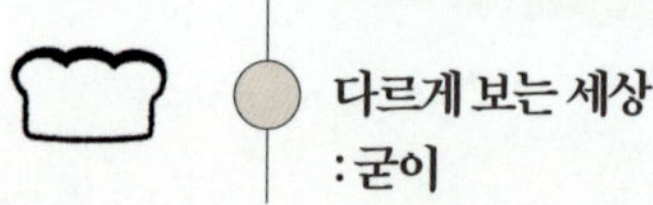

빵이라는 부캐를 얻은 지 햇수로 3년이 되었을 때, 서촌의 한 잡화점에서 팝업 스토어를 열었다. 운영 중이던 '빵이 문구'의 이름으로 여는 첫 팝업 스토어였다.

3주 정도 진행된 팝업 종료를 일주일 앞두고 엄마 아빠가 한국에 들어왔다. 당연히 오지 못할 줄 알았는데 어떻게 타이밍이 잘 맞았다. 엄마 손을 붙잡고 열심히 준비한 공간과 제품을 소개하는 나에게, 엄마는 "다 네가 어릴 때 하던 것들이구나"라고 말했다.

월말이 되면 직접 만들어 쓰던 달력부터 색연필로 꾸민 메모지에 기록하기까지, 어린 내가 늘상 해오던 일이었기 때문이다. 매일 일기를 쓰고 무언가 만드는 건 모두 엄마 아빠와 함께한 일이기도 했다.

엄마 아빠와 있을 땐 항상 무언가를 만들었다. 일곱 살 땐 엄마가 부직포로 된 원피스를 만들어주었는데, 아래가 넓은 직사각형을 두 개 잘라 맞대고, 목이 들어갈 자리와 팔이 나오는 자리를 뺀 가장자리를 스테이플러로 찍었다. 꿰매지 않고 듬성듬성 박힌 스테이플러 심으로 겨우 모양을 고정하는 원피스. 세탁기에 돌릴 수도 없는 그 원피스가 무척 좋아 매일 같이 입고 다녔다.

초등학교 2학년 땐 보드게임을 만들었다. 게임을 창작한 건 아니고, 원래 있는 '카탄'이라는 게임을 직접 그려서 만들었다. 육각형의 타일을 여러 개 연결한 게임판 위에 마을과 길을 세우고 땅을 개척하는 게임이었다(아주 단순하게 설명했지만 상당히 복잡한 게임이다).

하드보드지로 게임판을, 두꺼운 도화지로 카드를 만들었다. 하드보드지를 육각형으로 자르는 일은 고난도였으므로 아빠가 맡았고, 오빠와 나는 그 위에 색연필로 그림을 그렸다. 며칠 동안 붙잡고 타일만 거의 스무 개 가까이 그려 냈다. 마을과 길은 집에 있는 작은 장난감으로 대체했다. 손가락 반만 한 군인 모형은 마을, 레고 블록은 길로. 친구며 사촌을 데려와 매일 같이 플레이했던 카탄은 한국을 떠날 때까지 오랫동안 즐겨 했다.

카탄뿐만이 아니었다. 지금이야 당근마켓을 뒤지면 쉽고

저렴하게 중고를 찾을 수 있지만 당시엔 그런 게 없어 어디서 한번 하고 온 게임이 재미있으면 넷이서 머리를 맞대고 만들고는 했다.

우리 집에선 무엇이든 만드는 게 아주 익숙했다. 다 먹은 과자 상자로 휴대폰 거치대를 만들거나 택배 상자로 고양이 집을 만들어주는 일은 더 이상 특별하게 느껴지지 않을 정도로 일상적이었다.

우리의 '만들기'는 물건에 그치지 않았다. 독창적인 요리를 만들거나, 집안일을 해서 모은 스티커로 달란트 시장도 열었다(달란트 시장에서 쓰일 지폐도 직접 만들었다).

평생을 함께한 만들기 덕에 지금도 여전히 무언가 만드는 걸 좋아한다. 갖고 싶은 게 생기면 '어떻게 만들 수 있을까?' 하고 생각한다. 가끔은 사고 싶다는 생각보다 '집 가서 만들고 싶다'라는 생각이 먼저 든다.

인터넷에서 한창 네트 망으로 빨래 바구니 만들기가 유행할 때, 나는 네 칸짜리 선반을 만들었다. 케이블 타이로 네트 망을 연결해 만들었는데, 보기보다 단단해 무거운 것을 올려도 기울지 않았다.

　선반은 침대 머리맡에 놓던 잡동사니와 자주 방바닥을 굴러다니는 자질구레한 것들을 올려놓는 용도로 사용했다. 재료 구매에 든 비용 이만 원 정도면 사실 저렴한 선반을 하나 살 수 있었다. 하지만 이건 선반이 필요해서 만든 게 아니라 만들고 싶어 만든 거니까.

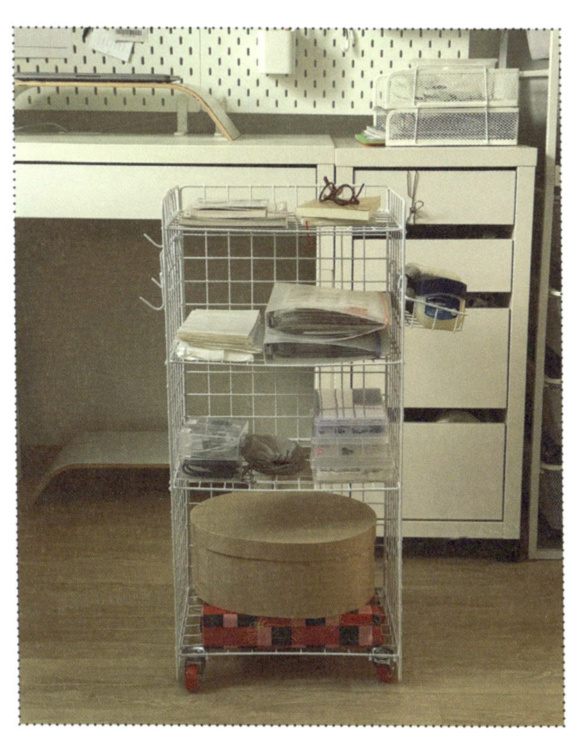

틈만 나면 무언가를 만들고 있었다. 여름이 되면 쓰고 싶은 목걸이를 만들기 위해 동대문에 갔다. 언제 가도 사람이 바글바글한 액세서리 상가 복도에 자리를 잡고 펜던트를 골랐다. 머리를 들이밀고 열심히 들여다보고 있으면 주변에서 나누는 대화를 통해 존재만 알고 있던 재료들의 제대로 된 이름을 배웠다. 잠금쇠, 9자 핀, 오링을 연결할 때 쓰는 오링 반지 등등. 바리바리 산 재료들로 세상에 하나뿐인 목걸이를 만들었다. 그게 참 재미있었다.

SNS에 내가 만든 것들을 올리면 한번씩 이런 댓글이 달렸다.

사면 되는 걸, 굳이?

박스를 접어 만든 독서대나 안 쓰는 종이 쇼핑백을 잘라 실로 꿰매 만든 노트를 올렸을 때 그랬다. 업사이클링이 트렌드로 자리 잡으며 그런 질문을 덜 받게 되었음에도 여전히 따라다니는 질문들이었다.

재활용이 보너스 요소가 될 순 있어도 만들기의 목적은 아니었다. 쉽고 빠르게 얻을 수 있는 세상에서 나만의 무언가를 가지고 싶어 한 것도 아니었다.

만들기는 내 삶을 만들어가는 일이었다. 방법을 찾고, 만들고, 가장 나다운 것을 갖게 되고. '굳이' 시간을 들여서 가장 나다운 방법을 선택하는 과정을 거쳤다. '굳이' 해서 나빴던 경험은 괜히 한두 마디 보태고 후회할 때뿐이었다. '굳이' 힘을 들여 내 삶을 채우는 일에는 포함되지 않았다. 그 많은 '굳이'가 모여 지금의 나를 만들었다. 내가 하루하루 살아가는 걸 즐기게 했다.

그래서 여전히 점토를 주무르고 달력을 그린다. 내가 구운 그릇에 과일을 담고, 직접 만든 케이크로 생일을 축하한다. 스테이플러로 찍어 만든 원피스를 입고 다니던 어린이가 이제는 재봉틀로 스커트를 만들어 입는다.

매일 일기를 쓰다 직접 다이어리도 만든다. 일기를 쓰다 문구점을 열게 될 줄은 꿈에도 몰랐는데, 좋아하던 잡화점에서 팝업 스토어를 열 수 있을 거라고는 더더욱 상상하지 못했다.

여전히 사는 것보다 직접 만든 목걸이가 좋다. 마감이 깔끔하진 않지만 내 손으로 만든 선반이 좋다. 예전과 다른 게 있다면 이제는 틈만 나면 하는 대신 틈을 내서 하는 정도.

오랜 시간이 지난 지금도 어릴 때 했던 일들을 하는 걸 보면 엄마 말이 맞는 것 같다. 아마 5년 후, 10년 후에도 지금처럼 하고 있지 않을까.

결국 같은 일들을 하며 살아간다면, 살고 싶은 삶을 지금 살아야겠다.

또 다른 숲을 시작하세요

몇 해 전 겨울 '어드벤트 캘린더'가 유행했다. 12월 1일부터 25일까지의 날짜 칸 마다 작은 선물들이 들어있고, 크리스마스가 될 때까지 매일 하나씩 선물을 꺼내보는 달력이었다.

참 낭만적이지 않은가. 크리스마스 하루를 축하하는 것이 아니라 12월 한 달을 매일 특별하게 보내는 기분. 어릴 땐 생일 일주일 전부터 갖고 싶은 선물 목록을 만들어둘 정도였으니, 나는 원체 이런 걸 좋아하는 사람이었다.

지난해엔 어드벤트 캘린더를 샀는데, 올해는 한번 직접 만들어보자는 생각으로 분리수거함에 내다 놓은 택배 상자를 다시 들고 들어왔다. 선물 넣을 공간을 어떻게 만들면 좋을까.

마침 부모님이 한국에 들어오셨을 때라 머리를 맞대고 아이디어를 모았다. 십자 모양으로 겹쳐서 꽂아보자. 뚜껑을 붙이는 대신 커튼처럼 가려보자.

머릿속으로 상상한 모양을 따라 박스를 자르기 시작했다.
큰 박스의 옆면을 제거하고, 잘린 옆면으로는 칸막이를 만
들어 끼웠다. 스물다섯 개의 칸을 만들기 위해서는 가로 칸

막이와 세로 칸막이가 각각 네 개씩 필요했다. 5센티미터씩 칼집을 내서 칸막이끼리 십자 모양으로 끼우고, 칸마다 포스트잇으로 만든 덮개를 붙이면 끝이었다.

고난도의 작업은 아니었지만 칸막이를 만들려면 여러 번 박스를 잘라야 해 손이 몹시 분주했다. 혼자였다면 아주 오래 걸릴 뻔했다.

가장자리마다 하얀 마스킹테이프를 감고, '어드벤트 캘린더'라고 쓴 팻말까지 붙였더니 상당히 그럴듯했다. 파는 것처럼 세련되진 않았지만 나는 항상 직접 만든 물건들에 더 마음이 갔다. 손길이 닿으면 울퉁불퉁한 모서리도 귀엽게만 보였으니까.

어드벤트 캘린더 안에 무엇을 넣을까 고민하던 어느 날, 귀갓길에 엄마에게 전화가 왔다.

"어디쯤이야?"

"이제 막 버스 타서 20분 걸릴 것 같아."

"조심히 와. 저녁 먹자."

집에 도착했을 땐 엄마가 묘하게 밝은 얼굴로 맞아주었다. 방에 들어가보니 책상 위에 어드벤트 캘린더가 위풍당당하게 자리잡고 있었다. 알고 보니 내가 나간 사이 엄마 아빠가 어드벤트 캘린더를 채워넣은 것이었다. 1일부터 25일까지 스물다섯 개의 칸에는 각각 선물의 이름과 위치가 적힌 쪽지가 들어있었다. 13평짜리 집에 스무 개가 넘는 선물을 숨겨둔 거다. 평소와 다름없던 전화 통화 뒤에서 설렜을 엄마 아빠를 떠올리니 웃음이 나왔다.

첫날은 다코의 캣타워 안에 숨겨져있던 아몬드 빼빼로가 나왔다. 그다음엔 냉장고 속 김치통 뒤에 바싹 붙어있는 음료수를 찾았다. 하루는 쪽지 대신 만 원짜리 한 장이 나왔고, 하루는 좋아하는 식당의 자유이용권이 나왔다(식당과 사전 협의된 내용은 아니고 식사한 후 엄마 아빠에게 비용을 청구하는 형태였다). 널따란 집도 아닌데 구석구석 그 많은 걸 숨겼다.

어드벤트 캘린더의 스물다섯 칸을 다 열어보기 전 부모님은 한국을 떠났지만, 하루하루 선물을 찾는 동안 꼭 우리가 함께 있는 기분이 들었다.

처음 한국에 돌아와 나만 한국에 남고 부모님은 다시 출국하던 날, 공항에서 부모님을 배웅하고 돌아가는 길에 엉엉 울었다. 그때의 기분은 뭐랄까, 세상에 혼자 남겨진 듯했다. 둥지에서 떨어진 새알이 된 느낌이었다.

비싼 국제전화를 걸지 않아도 인터넷으로 영상통화를 할 수 있고, 마음만 먹으면 다시 못 만나는 상황도 아니었지만 이곳에 혼자 남는다는 사실이 몹시 슬펐다.

순간순간 부모님의 빈자리가 느껴졌다. 외출하려고 열었던 옷장 속 양말이 다 빨래통에 들어가고 없을 때, 귀가하고 불 꺼진 집 안에 발을 디딜 때, 아픈데 어떤 약을 먹어야 할지 모르겠을 때 완전히 혼자 남겨진 기분이었다. 책에서 읽었던 '어른이 되는 과정'을 떠올리고, 어깨 너머로 보던 일들을 어설프게 따라 하며 혼자인 생활에 익숙해지려고 노력했다.

문득 방 한구석에 놓인 몬스테라를 보고선 이런 생각이 들었다.

내가 정말 혼자일까?

서울에 집을 구하곤 식물 키우기에 취미가 생긴 나를 위해 부모님이 성남서부터 이고 지고 올라온 몬스테라였다. 책상 위에 놓을 법한 작은 화분도 아니고 항아리같이 커다란 화분에 갈라진 이파리들이 고개를 쭉 뻗은 몬스테라.

햇빛이 쏟아지는 여름날, 엄마 아빠는 걷다가 우연히 마주친 꽃집에서 산 그 무겁고 커다란 화분을 들고 왔다. 사람으로 꽉 찬 주말의 지하철에서 두리번거리며 앉을 자리를 찾았겠지.

그런 엄마 아빠의 마음에 "인터넷으로 주문하지" 같은 말은 나오지 않았다.

"요 며칠 몬스테라 이야기를 했는데, 소원이 이루어진 것 같아. 들고 오느라 힘들었지?"

그때 엄마의 대답이 아직도 기억난다.

"네가 좋아할 걸 생각하면 하나도 안 힘들어."

한국에서 방글라데시까지는 비행기로 일곱 시간이 걸린다. 그것도 직항이 생긴 후의 이야기고, 내가 그곳에 살 때까지만 해도 두세 차례 경유를 해야 했다. 그러면 최소 열두 시간에서 길게는 하루를 꼬박(비행기보다 경유지에서 더 오래 있어야 한다) 이동해야 도착할 수 있었다.

비행기를 타는 시간만 그 정도고, 공항에 내려서부터 부모님 집까지 가는 길이 또 반나절(이것도 운이 좋을 때 이야기)이다. 교통 체증이 끔찍한 수도를 벗어나 사막처럼 모래바람이 날리는 비포장도로를 요리조리 지나고, 시내의 마지막 가게에서부터 나무가 우거진 길을 30분 더 들어간다. 점점 주위의 풀이 울창해지면 곧 엄마 아빠의 시골집이 나온다. 물리적인 거리로 따지면 우리 사이의 거리는 너무나 멀었다.

몬스테라 이파리를 닦고 마른 흙에 물을 줄 때마다 나는 엄마 아빠를 떠올렸다. 한 공간에 있어야만 함께 있는 건 아니라고. 몸은 떨어져 있을지라도 마음을 두고 간 자리에서 우리는 함께하고 있었다. 그 사실을 깨달은 순간 나는 더 이상 남겨져 있지 않았다.

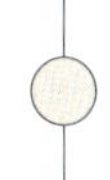

사랑이 머무는 자리

아빠는 항상 바쁘다. 그건 집이든 밖이든 상관없다. 엄마와 전화하다 "아빠는?" 하고 물으면(아빠에게 전화를 걸면 받을 확률이 희박하다) 언제나 "지금 뭐하고 계시네"라는 이야기를 듣는다.

그 '무언가'는 매번 바뀌었다. 밭일부터 열댓 개나 되는 아이들의 신발 수선, 모기장 수리, 울타리 만들기, 자전거 고치기(자전거는 매번 고장 나 있다) 등등. 최근엔 'AI와 대화하기'까지 추가되었다.

아이들에게 만화 영화 틀어주기도 아빠의 일이다. 내가 봤을 땐 그다지 필요하지 않은 일도 아빠의 눈엔 다르게 보이는 건지, 아니면 만화 속 에피소드처럼 매일 같이 만지고 고쳐야 하는 일들이 생기는 건지 아빠는 늘 바빴다.

이번엔 집 앞마당에 수영장을 만드는 중이라고 했다. 좋은 시설이나 자재를 구할 수 있는 곳이 아니라서 말 그대로 땅을 파고 벽돌로 틀을 잡은 다음 비닐을 덮어 작은 수영장을 만들고 있다고.

여름이면 샤워를 마친지 5분이 채 지나기도 전에 다시 땀이 나는 무더운 지역이라, 아이들을 위한 수영장을 만들 계획이라는 이야기를 들은 게 얼마 전이었다. 아무래도 내 실행력은 아빠를 닮은 듯싶다.

잘 만들었다, 오래 걸렸겠다고 자판을 두들기는 중 날라온 엄마의 메시지에 헉! 소리가 나왔다. 이건 여자아이들 수영장이고, 남자아이들 수영장은 이미 집 뒤편에 큼직하게 만들었다고. 엄마가 보내준 영상 속에서 아이들의 깔깔대는 웃음소리가 끊이질 않았다.

우리 집도 아빠가 다녀가면 항상 어딘가 달라졌다. 수영장처럼 거대한 건 아니지만 화장실에 칫솔 소독기가 생기거나 조금씩 맛이 가던 형광등 색이 바뀌어있는 건 예사였다.

아빠가 왔다 가면 잘 맞물리지 않던 베란다 문도 부드럽게 닫혔다. 버리려던 택배 박스가 다코의 집으로 바뀌고, 방문 위에 오천 원짜리 무선 스위치 조명이 생겼다. 깜깜한 밤 화장실 갈 때를 위한 것이었다. 완전히 빛이 차단된 상태로 자는 걸 좋아했는데, 어느 날 아침에 일어나보니 아침에 아빠가 침대맡에 쪼그리고 앉아 까만 절연 테이프로 멀티탭의 불빛을 가리고 있었다. 버튼 하나하나에 테이프를 붙여 붉은 빛이 새어 나오지 않도록. 내가 한쪽 팔로 눈을 덮고 자는 건 또 언제 보았을까.

다 되었다며 시범 삼아 커튼을 치고 불을 끄니 방이 순식간에 어둠으로 물들었다.

문에 기대어 가만히 주위를 둘러보면 아빠의 사랑이 머문 자리가 보인다. 까만 테이프가 붙은 멀티탭, 내 눈높이에 맞춰 걸려있는 거울, 높이가 한 단 낮아진 빨랫줄. 세수하고 나와 책상에 던져놓던 머리끈은 사탕이 들어있던 틴케이스에 얌전히 자리를 잡고 있다.

어떤 사랑은 눈에 보인다. 말로 표현하지 않아도 보이는
사랑이 집 안 곳곳에 머물러 있다.

오로라를 찾아

우연히 오로라에 대한 글을 읽었다. 잡지였는지 뉴스레터였는지 정확히 기억나진 않지만 네모난 사진 속 밤하늘을 화려하게 물들인 오로라가 걸려 있었다.

어떤 오로라는 빨갛고 파랬다. 내가 알던 형광빛 초록색만 오로라가 아니었다. 별도 잘 보이지 않는 서울에 살며 오로라를 볼 일은 없었지만 오로라의 색은 산소와 질소, 그리고 고도에 의해 달라진다는 정보도 알게 되었다.

글의 끝자락에는 오로라 여행지 추천이 쓰여 있었다. 아비스코, 옐로나이프, 요쿨살론, 트롬쇠, 그리고 적어두지 않아 잊어버린 지역들. 먼 훗날 오로라를 보러 갈 때 참고하겠다며 메모장에 써두었다.

당장 실행 가능성은 제로에 가깝지만 쓸만해 보이는 정보들을 남기다보니 내 메모장은 항상 가득 차 있다. 쓰기만 하고 다시 열어보는 일은 드문 걸 보면, 메모하는 목적이 꼭 실행하기 위함은 아닌 듯싶다. 물론 그중 몇 개는 완료하기도 했다.

다른 메모들과 다름없이 오로라 명소는 기억의 저편으로 잊혀갔다. 몇 년이 지나고 노르웨이에 갈 때까지도.

오슬로에 도착한지 이틀째 되던 날, 호텔 로비 팸플릿에 걸린 오로라 사진을 보았다. 오슬로는 극지방이 아니라서 오로라를 볼 기회가 드물었지만, 언젠가 가고 싶었던 곳에 나는 몹시 가까워져 있었다. 그 사실을 깨닫자 가슴이 두근거리기 시작했다.

원래 계획한 루트는 오슬로에서 베르겐을 거쳐 덴마크로 빠지는 것이었는데, 아주 충동적으로 트롬쇠행 비행기를 끊었다. 계획대로 움직이기 좋아하는 파워 J에게 일종의 일탈과도 같은 순간이었다.

두어 시간 날아 트롬쇠에 도착했을 땐 하늘이 깜깜했다. 분명 오후 5시도 되지 않았는데 이미 도시는 밤이었다. 버스를 타고 마을에 도착하니 발목이 푹푹 빠질 만큼 눈이 쌓여 있었고, 비행기를 타기 전 신청한 오로라 투어까지 시간이 빠듯해 서둘러 숙소를 나섰다.

미니 밴을 타고 오로라를 만날 때까지 이리저리 돌아다니는데, 이걸 '오로라 헌팅'이라고 불렀다. 운이 나쁘면 오로라를 보지 못하고 돌아가는 경우도 많다고 들었다. 트롬쇠에 머물 수 있는 시간이 딱 이틀뿐이어서 제발 그 사이 오로라가 나타나주길 기도했다.

갑작스럽게 결정한 북부행이라 오로라가 잘 보이는 시즌을 고려하지 못했다. 그래서인지 한산한 거리에 여행객이 보이지 않았는데, 미팅 장소에 도착하니 어색하게 서있는 참가자들 중 한국인 일행이 두 팀, 코스타리카에서 온 일행이 한 팀 있었다(어디를 가도 한국인이 있다는 말이 사실인 듯싶다).

투어 가이드인 알렉스의 간단한 설명을 듣고, 우리는 8인승 밴에 몸을 구겨 넣은 채 어둠이 내려앉은 도로를 따라 북쪽으로 달리기 시작했다. 한참을 달리던 알렉스는 두어 번 밴을 정차했다가 더 좋은 위치를 찾아 이동했다.

시야에서 점점 건물들이 사라지고 보이는 건 온통 흰 눈과 높이 솟은 나무들이었다. 알렉스는 어쩌면 핀란드 국경까지 가야 할지도 모른다고 말했지만, 세 번째로 멈추었을 때 그는 트렁크를 열고 모닥불을 지폈다. 그리 커 보이지 않는 밴 트렁크에서 별게 다 나왔다.

우주복처럼 생긴 커다란 방한복(다리부터 목 끝까지 입는 점프 슈트였다)이 여덟 개, 털 부츠, 순록 털로 된 담요, 포일로 감싼 샌드위치와 코코아가 든 보온병, 그리고 카메라.

차에서 내리니 턱이 딱딱 부딪힐 만큼 추워서 방한복이 없었으면 큰일 날 뻔했다. 팔다리가 잘 굽혀지지 않는 두꺼운 방한복을 입고 온통 하얀 눈밭에 들어와있으니 어릴 적 읽었던 『나니아 연대기』가 생각났다. 두 발로 딛고 서 있음에도 현실감이 느껴지지 않는 풍경이었다. 뻥 뚫린 하늘 아래 인간이란 존재가 아주 작게 느껴지는 이곳. 얼마 지나지 않아 알렉스가 말했다.

"다들 봐, 오로라가 오고 있어."

정말이었다. 초록빛의 오로라가 넘실넘실 다가오고 있었다. 처음엔 얇은 선 같더니 누군가 끝을 쥐고 흔드는 것처럼 너울거리며 모양을 바꿔갔고, 점점 선명해지는 오로라가 당장이라도 내 위로 쏟아질 듯이 하늘을 가득 채웠다. 팸플릿으로 본 이미지와는 비교할 수 없을 만큼 거대했다.

사진을 찍겠다는 생각도 하지 못하고 하염없이 하늘을 바라보았다. 지금이 사진 찍기 좋은 타이밍이라는 알렉스의 말이 없었다면 건전지가 닳은 로봇처럼 그 자리에 서 있었을 것이다.

두 눈으로 오로라를 본 순간 심장이 쿵 내려앉았다. 잊힌 줄 알았던 기억이 너무나 생생하게 떠올랐다. 손바닥만 한 화면으로 보았던 사진, 발음도 어려운 지명을 옮겨 적어둔 메모, "꼭 가보고 싶은 곳 있어?"란 친구의 질문에 "언젠가 꼭 오로라를 보러 가고 싶다"던 대답까지. 어쩌면 나는 오래전 그 메모를 잊지 않았는지도 모르겠다.

발자국 하나 찍히지 않은 눈밭을 헤매는 것처럼 보여도 오로라를 찾는 건 정처 없이 떠도는 일이 아니었다. 내가 어디즈음 와있는지 알 수 없어도, 반드시 오로라를 만날 것이란 확신이 없어도 찾는 것(Seeking)과 헤매는 것(Wandering)은 달랐다. 분명 모르는 길이지만 나에게는 오로라라는 목적지가 있었기 때문이다.

오로라를 마주친 후에야 알았다. 결국 내가 바라던 곳으로 향해가고 있었다는 사실을. 표지판 없는 길을 지나왔지만, 온전히 내 힘으로 도달한 것이 아니지만, 다시 내가 있던 곳으로 돌아가야 하지만, 내 걸음의 끝에 오로라가 기다리고 있었다.

바람을 마음에 두고 있으면 정말 이루어지는 걸까. 그렇다면 무엇을 마음에 둘지 정성껏 골라봐야겠다.

나는 결국 내가 바라던 곳에 와있었다.

에필로그

두 번째 책을 쓰게 될 줄은 꿈에도 몰랐다. 내 이야기를 쓴다고 생각하니 과연 누가 이 책을 읽을까 떨리는 마음으로 조심조심 적었다. 진솔하게 쓰고 싶었는데 마음처럼 되었는지 모르겠다.

하루하루 기록하던 일상을 삶이라는 커다란 책에 옮겨 쓰는 기분이었다. 시간이 지나고 내가 한 말을 수정하고 싶지는 않을까? 하지만 그게 사는 거니까. 고치고 싶은 순간, 꺼내 보기 부끄러운 순간, 용서하고 때로는 용서받고 싶은 순간도 이미 삶이라는 패키지에 포함된 것이니까.

이 시간을 지나오며 나는 아주 특별해지지도 아주 뛰어나지지도 아주 성숙해지지도 못했다. 여전히 실수하는 나를 견디지 못하고, 조급한 마음에 종종 후회할 일을 하고, 가끔은 방향을 잃어버리고 산다.

삶의 여정은 길고 내가 마주할 일들은 때때로 해일처럼 나를 덮치겠지만, 그래도 괜찮을 것이다. 또 다른 질문을 하고 새로운 대답을 얻게 될 테니까. 글을 쓰고 나서야 내가 확인하기 두려워했던 최선을 나는 이미 다하고 있다는 걸 깨달았다.

작고 사소하지만 나를 기쁘게 하는 것들이 내가 휘청거릴 때마다 단단히 지탱해준다는 사실도 이제는 안다. 알고 나니 일상의 작은 설렘과 사소한 영감을 별거 아닌 것으로 여길 수 없게 되었다. 아침에 커피잔을 고르는 일, 산책하며 나무의 색을 살피는 일, 소매가 까매지도록 그림을 그리는 일, 탁상 등 아래에서 오늘을 기록하는 일, 어쩌면 이미 기억에서 흐려져버린 일들까지도.

나에게 붙은 수식어를 다 떼고 오롯한 나로 살게 하는 일들이 참 좋다. 가진 것으로 내가 누구인지 정의되는 세상에서, 이 설렘과 영감은 나 자신이 어떤 사람인지를 알게 해준다.

한번에 알아듣는 법이 없는 내 이름 '에셀'의 뜻은 '도움'이다. 어릴 땐 이름처럼 도움 되는 사람이 되고 싶었다. 먼저 손 내밀고 온기를 나눌 줄 아는 사람. 내 곁의 누군가를 도울 수 있는 그런 사람.

그런데 돌아보니 정작 내가 늘 누군가의 도움으로 자라나고 있었다. 싫은 소리 한번 없이 나를 챙겨주는 오빠, 영어를 가르쳐준 로빈 선생님, 혼자 사는 나에게 때 되면 음식을 보내주던 이모 삼촌들, 삶에 대한 치열한 고민을 함께 나눈 친구들과 언제나 내 옆구리를 데워주는 다코. 다 적지 못한 고마운 이름들이 너무 많다.

무엇보다 가장 가까이에서 삶의 아름다움을 보여주신, 단단하고 흔들리지 않는 삶을 몸소 살아가시는 부모님께 감사를 전한다.

빵 안 파는 빵집

초판 1쇄 인쇄일 2026년 4월 8일
초판 1쇄 발행일 2026년 4월 28일

지은이 차에셀(빵이)
펴낸이 김석원
펴낸곳 도서출판 밝은세상

출판등록 1990. 10. 5. (제10-427호)
주소 (10881) 경기도 파주시 문발로 119, 202호
전화 031-955-8101
팩스 031-955-8110
메일 wsesang@hanmail.net
인스타그램 @wsesang

ISBN 978-89-8437-519-2(03810)

값 19,800원